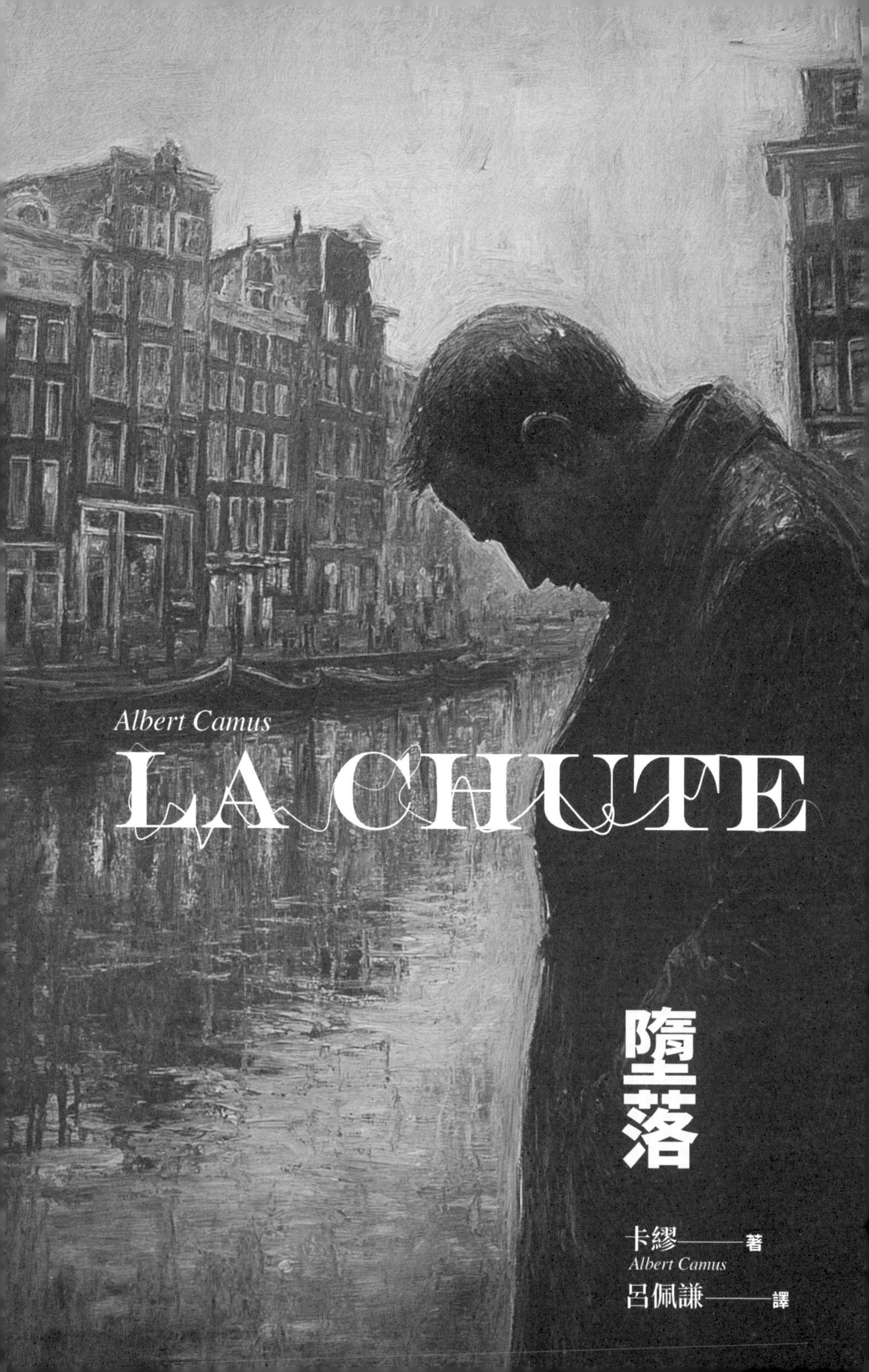
Albert Camus
LA CHUTE
墮落
卡繆——著
Albert Camus
呂佩謙——譯

第1章

世界是個真正的假象，一片富麗堂皇的布景，上面盤據著成千上億副人影輪廓的生命。

先生，能否容我冒昧提供您協助呢？我擔心您無法讓掌管這個商號的尊貴大猩猩聽懂您的意思。事實上，他只講荷蘭語。除非您授權我爲您伸張權益，他是猜不出您要杜松子酒的。行了，我敢說他瞭解我的話；那點頭，應該意味著他信服了我的論述。果然，他過來了，帶著節制的遲緩加緊腳步。您算是幸運的，他沒有嘟囔。他拒絕服務的時候，只消嘟囔一聲，沒有人會堅持。任性表現情緒，是大型動物的特權。不打擾了，先生，很高興爲您效勞。謝謝您，如果眞的不會惹人厭，那麼我就接受您的邀請了。您人太好了。我這就把我的杯子放到您的杯子旁邊。

您說得對，他的緘默震耳欲聾。這是原始森林的寂靜，它遍及一切，直達唇齒。這位鮮少開口的朋友對文明語言始終存有敵意，那份固執有時令我驚訝。他的職業是在阿姆斯特丹這間酒吧裡接待各國船員，不知爲什麼，他還把這酒吧命名爲墨西哥城。您難道不認爲，人們出於對這個場所抱持的敬意，而擔心他的無知會造成不快嗎？請想像一下寄居在巴別塔的克羅馬儂人①吧！他至少感受到了遠居他鄉之苦。但沒有，這一位並不覺得流落異地，他走自己的路，什麼也傷害不了他。我從他嘴裡聽到寥寥可數的話語中，有一句聲稱：

「要就拿，不要就拉倒。」什麼該拿，什麼該不要呢？無疑，是我們這位朋友自己。我坦承，我受這些鋼板一樣的生命所吸引。當人們因職業或天性使然而對人類做過一番深思長考後，就不免會對靈長動物產生鄉愁。這類生命，不會私底下另有盤算。

不過，老實說，我們的酒吧主人是暗藏些心機的，儘管相當幽微。長期聽不懂人們說的話，養成了他多疑的性格。由此生出這副疑心重重的嚴肅派頭，至少他似乎懷疑人與人之間有某些不對勁。這種態度使得與其職業無關的談話較不容易進行。舉個例子，您看，那片背景牆上，在他頭部上方，有一塊長方形的空白，是拆下一幅畫之後遺留的標記。那裡的確有過一幅畫，一幅特別有趣的畫，一件真正的傑作。嘿嘿，店老闆收下那幅畫並且出讓的時候，我都在場。兩次他都懷著同樣的猜忌心，經過了幾個星期的反覆考慮。就這點看來，

①巴別塔（la tour de Babel）：又稱巴比倫塔，考古學家推測可能位於現今伊拉克首都巴格達附近。聖經《創世紀》中記載，上帝為了阻止人類在巴別城建造通天高塔，將人類原本所持的同一語言打亂成眾多不同語言，使無法彼此溝通。巴別塔因此又被視為人類語言多樣化的象徵。

克羅馬儂人（Cro-Magnon）：舊石器晚期（距今約兩、三萬年前），生活在歐洲的智人。

不得不承認，社會是有些破壞了他純樸而坦率的天性。

請注意，我並非在評判他。我認爲他缺乏信任感是有根據的，而且，正如您所見，若非我情感外露的天性是與之相對立的，否則我很樂意贊同他的多疑。我愛說話，唉，個性又隨和。儘管懂得保持適當距離，可一有結交朋友的機會，我是絕不放過的。在法國的時候，每遇見有才智的人士，我就會立即和他交往。啊，我見到您對我這虛擬語氣未完成過去式②皺起了眉頭。我承認自己對這種語態有偏好，一般來說，我對高尚的用語有偏好。請相信，我自己也譴責這項偏好。我很清楚，愛好精緻的襪子並不一定意味著有雙骯髒的腳。話雖如此，格調，卻如同府綢內衣一樣，屢見不鮮地掩蓋著濕疹的情況。我告訴自己，聊以慰藉的是，畢竟，那些說話結結巴巴的人也並非都純潔無瑕。確實是如此，我們再喝點酒吧。

您在阿姆斯特丹停留了很久嗎？一座美麗的城市，可不是？炫目迷人麼？我好久沒聽到這麼一個形容詞了。自從我離開巴黎以來，是啊，至今已經好幾年了。但是心在，記憶恆在，有關我們美麗首都以及那裡的堤岸道路，我一點也沒忘記。巴黎是個眞正的假象，一片富麗堂皇的布景，上面盤踞著四百萬副人影輪廓的生命。根據最近一次普查，接近五百萬？當然啦，他們總會生出小生命的。我並不訝異。我一直覺得我們的同胞有兩大狂熱——思想觀點和男女私通。可以說亂七八糟。不過，我們也別譴責他們；不唯獨他們如此，整個歐洲都是這樣。我有時想，未來的歷史學家會如何描述我們。關於現代人，一個句子就足夠了——他通姦和閱讀報刊。在這句強有力的斷言之後，我敢說，這個主題就沒什麼可研究的了。

荷蘭人，哦不，他們遠遠沒那麼現代化！您看看他們，慢條斯理。他們做些什麼呢？這邊的先生們靠著那邊女士們的工作爲生。況且，就是一些公的和母的，極度資產階級的分子，他們像平常一樣，或由於說謊成癖，或由於愚蠢，而來到這裡。總之，不是想像力太過豐富，就是缺乏想像力。這些先生不時比畫刀子，耍耍左輪手槍，不過，可別以爲他們視此爲必要之舉。是角色要求這麼做的，如此而已，他們發射出最後幾顆子彈的時候，心裡其實怕得要命。儘管如此，我覺得他們比其他人有道德，其他人指的是那些在家庭裡以消

②虛擬語氣未完成過去式（imparfait du subjonctif）：現代法語中十分罕用的語態，通常出現在文學作品或講究文雅的文章裡，用於口語時會讓聽者感覺累贅沉重。

耗方式慢慢將人殺死的傢伙。您難道沒有發現，我們的社會就是爲了這類的消滅整肅而組織起來的嗎？您一定聽說過巴西河流裡那些極小的魚，它們數以千計成群地攻擊不當心的泳客，小口小口地快速咬噛清理他，不一會兒工夫，就只剩下一副乾乾淨淨的骨架了。是的，這就是它們的組織。「您想要過規矩得體的生活嗎？像大家一樣？」您當然說「要」。怎麼能說「不要」呢？「好，我們就來把您清理一下。來，這是一份職業，一個家庭，幾個有組織的休閒活動。」於是，一顆顆小牙齒攻擊肉軀，直到見骨。這會兒我可有失公允了。不應該說，那是它們的組織。說到底，這是我們的組織——大家爭先恐後地去清除另一方。

終於把我們的杜松子酒端來了。爲您的健康乾杯。是的，大猩猩開口稱我博士。在這個國家裡，所有人非博士，即教授。他們喜歡尊敬人，出於好意，也出自謙虛。在他們這裡，心地惡毒至少不是全國通行的慣例。總之，我不是醫生。您若想知道，那麼，我來此之前是個律師。現在，我是法官——懺悔者。

請允許我自我介紹：尚——巴蒂斯特．克拉蒙斯，任您差遣。很高興認識您。您大概是經商的吧？差不多？回答得極好！也很恰當；我們在每件事情上都只不過是差不多罷了。這樣吧，請容許我來當偵探。您的年紀和我差不多，有著差不多的閱歷豐富，見多識廣，四十來歲人犀利世故的眼神，您差不多衣著講究，也就是說，和我們那裡的人一樣，而且，您有一雙光滑的手。所以，您是一個資產階級，差不多！不過呢，是一個品味精緻的資產階級！對虛擬語氣未完成過去式皺眉頭，事實上這雙重證明了您的文化素養，首先，因爲您認得這個語態，其次，因爲您對它感到厭煩。最後，您覺得我有趣，不是自誇，這表示您的思想相當開明。看來，您差不多是……但這有什麼關係呢？比起職業，我反倒對宗派比較感興趣。請允許我向您提問兩個問題，您只需要在不覺得問題冒昧的情況下再回答就行了。您擁有財產嗎？有一些？好。您跟窮人分享過嗎？不曾。這麼說來，您是一個我所謂的撒都該人③。如果您沒讀過聖經，我認爲您就無法更進一步理解了。這對您的理解有幫助？所以您曉得聖經？顯然，您的確令我感興趣。

③ 撒都該人（saducéen）：古猶太教派，成員皆為富裕有權勢的上層階級，大多是大祭司和最高祭司。他們重理智，不相信復活、靈魂與來世；思想保守，在教義上，輕視口傳慣例，只相信聖經的權威性，因此不受一般平民歡迎。

至於我嘛……請您自己判斷吧。從體型、肩膀，還有這張經常被評爲長相凶惡的臉來看，我倒像一位橄欖球員，不是嗎？但若論談吐，就應該同意我頗有幾分高雅。毛皮供我做大衣的那頭駱駝大概患有疥癬；相反地，我的指甲卻修剪得整齊乾淨。我也世故犀利，然而，卻毫不設防，僅就您的儀表外貌便向您吐露了內心想法。最後，儘管我舉止高尚，談吐文雅，卻是善德街[4]一帶水手酒吧的常客。好啦，別費神尋思了。我的職業是雙重的，如此而已，正如人類這種生命體一樣。我對您說過了，我是法官——懺悔者。在我身上，只有一件事簡單，那就是我一無所有。是的，我曾經富有，不，我不曾和他人分享過任何東西。這證明什麼呢？證明我也一直是個撒都該人……噢！您聽到了港口的汽笛聲嗎？今夜，須德海上將會起霧。

您要離開了嗎？抱歉，恐怕耽擱了您一些時間。請您允許，由我來買單。您在墨西哥城，就是在我家，在這兒接待您，我感到特別高興。明天，我當然和以往一樣在這裡，也將心懷感激地接受您的邀請。您的路程……那麼……最簡單的做法是，我陪您一直走到港口，不知您是否會覺得不便？從那裡，繞過猶太區，您將看見一條條美麗的大馬路，路上行駛著載滿鮮花、樂音隆隆的輕軌電車。您的旅館就位在其中一條馬路上，當拉克大道。您先請。我呢，我住在猶太區，或者說一直到我們希特勒主義的兄弟們把地方清空之時都是叫這個名稱的。那眞是趕盡殺絕啊！七萬五千名猶太人被送往集中營或被屠殺，這是眞空吸塵式的清除。我欣賞這種專心致志，這種按部就班的耐心！如果缺乏魄力，就必須講求方法。在這裡，方法用得神乎其技，這點無可辯駁，而我就住在一個發生過歷史上最大罪行的地方。或許正是這一點幫助了我瞭解那位大猩猩和他的多疑。我因此得以對抗我天性中不由自主同情他人的傾向。當我看到一張新面孔時，內心的某一個我就按下警鈴，「放慢些，危險！」即便在同情心最強烈的時候，我還是保持警戒。

您知道嗎？我生長的小村莊在一次武裝報復行動中，一位德國軍官溫和有禮地懇請一名老婦人，在她的兩個兒子之間挑選一位當作人質槍斃。選擇，您能想像一下嗎？那一位？不，這一位。然後，眼睜睜地看著他死去。我們就別堅持了，不過，請相信我，先生，任何意料不到的事情都有可能發生。我認識

④善德街（le Zeedijk）：位於阿姆斯特丹的紅燈區邊界，過去水手聚集，曾是犯罪和吸毒的溫床。

一個心地純良的人，拒絕事事懷疑。他是和平主義者，絕對自由主義者，他以同樣的情感愛全人類和一切動物。一個卓越出眾的靈魂，是的，肯定的。嘿嘿，在歐洲最近幾次宗教戰爭期間，他退隱到鄉下去。他在自家門檻上寫著「無論您來自何方，歡迎，請進」，您認爲，是誰回應了這份美好的邀請呢？一些民兵，他們像回到家一樣走進屋裡，剖開他的胸膛，掏空他的內臟。

喔！抱歉，女士！其實她什麼也沒聽懂。這裡的人眞不少，嗯，這麼晚了，而且還下著雨，連日來都不曾停過。幸好，有杜松子酒，這片黑暗裡唯一的光明。您感覺到了它投映在您身上的金黃色、赤銅色亮光嗎？夜晚，我喜歡浸淫在杜松子酒的暖熱中步行穿越城市。我夜復一夜地行走著，默想著，或無止盡地自言自語。就像今晚一樣，是啊，我恐怕讓您有些厭倦了，謝謝，您眞客氣。可是，我的話實在太多了，才張開嘴，詞句就脫口而出。況且，這個國家激起我的靈感。我愛這裡的人民，他們擁擠在人行道上，困在房屋和水道之間的狹小空間內，被霧、冰冷的土地以及像一盆洗衣熱水般水氣蒸騰的大海所包圍。我愛他們，因爲他們雙重存在著。他們在這裡，同時也在他處。

確實如此！聽他們沉重的腳步聲，踩在油膩膩的石板路上，看他們步伐笨重地穿梭在店鋪之間，而店裡則擺滿金黃的鯡魚和枯葉色澤的首飾，您大概以爲他們今晚就在那裡？您和所有大眾一樣，把這些老實人看作一票市政代表和商人，數著錢幣計算他們得永生的機會，偶爾戴上寬大帽子，參加幾堂解剖課，便是他們唯一的閒情逸致？您錯了。的確，他們行走在我們周遭，然而，看看他們的腦子在哪兒——在一團從紅綠招牌飄下來的，由霓虹、杜松子酒和薄荷混合成的迷霧中。荷蘭是一個夢，先生，一個黃金與煙霧的夢，白天更加煙霧彌漫，夜晚更加金光閃爍，這個夢，日夜都充滿著羅恩格林⑤這類型的人物，他們騎著高把手的黑色自行車，心不在焉地飛速而過，又如同一群陰鬱的天鵝，在全國各地、大海周圍、運河沿岸無休止地盤旋。他們遐思連連，腦袋籠罩在黃銅色的雲煙裡，他們團團打轉，在迷霧的金色香氣中，像被催眠似地唸唸有詞，祈福祝禱，他們不在這裡了。他們已出發到數千公里外，前往爪哇，遙遠的島嶼。他們向印度尼西亞呲牙裂嘴的神祇們祈禱，這些他們曾用來

⑤羅恩格林（Lohengrin）：德國中世紀傳說故事的主角。聖杯國王之子羅恩格林被任命去保護愛爾莎公主。他乘坐天鵝拖曳的小船前往，成功擊敗叛變的臣子，並與公主締結婚約。婚前，羅恩格林囑咐公主不可詢問他的身世。可惜公主未信守承諾，羅恩格林只能再搭上天鵝船黯然離開。

裝飾櫥窗的神明，此時正在我們頭頂徘徊遊蕩，之後，便有如裝扮華美的猴子[6]，牢牢攀附在招牌和梯形屋頂上，提醒這些思鄉的移民，荷蘭不只是商賈的歐洲，也是大海，通往西藩國[7]的大海，在那些島嶼上，人們死去時，瘋狂而快樂。

我又放任自己多話了，我是在辯護呀！請原諒我。先生，這是習慣，是天分，也是由於我想讓您好好瞭解這個城市，瞭解事物的核心！因爲我們正處於事物的中心。您注意到了嗎？阿姆斯特丹這些同心的環狀運河就好像地獄之圈[8]。資產階級的地獄，自然是充斥著夢魘。當人們從外部到來，隨著穿過這一層又一層的圓圈，生活以及由此而生的罪惡，也變得越來越濃厚，越來越陰暗。這裡，我們正位在最後一圈。這一圈是……啊！您知道這個？老天呀，您變得更難歸類了。但是，您也因此明瞭爲什麼我會說這裡是事物的中心了，儘管我們置身於大陸的邊緣。一個敏感的人便能理解這些怪事。無論如何，讀報紙的人和通姦的人無法走得更遠了。他們來自歐洲各個角落，在內陸海周圍暗淡無色的沙灘上停下腳步。他們傾聽汽笛聲，在霧氣裡徒然尋找船隻的身影，然後，再次穿越運河，冒雨返回。他們冷得發抖，來到墨西哥城，用各種語言要杜松子酒喝。而我就在那裡等著他們。

明天見吧，先生，親愛的同鄉人。不，您現在找得到路了；我在這座橋邊和您告別。我從來不在夜裡過橋。這是立下一個誓願的結果。總之，假設有人投河，兩個選項擇一為之，您或也跟著跳入水中，把人救起，在寒冷的季節裡，您冒著最大的危險！您或者拋棄他不管，壓抑下來的跳水行動，有時會讓人感到莫名所以的疲憊。晚安！您說什麼？玻璃櫥窗後面的那些女人？夢，先生，廉價的夢，一趟印度群島之旅！這些人塗抹著香料。您進去，她們拉上窗簾，航行就此開始。裸體上，眾神降臨，島嶼飄移，瘋狂迷離，棕櫚迎風，宛如散髮披覆。您不妨試一試。

什麼是法官——懺悔者？啊！您對我的這檔子事感到好奇。請相信，我沒有任何戲謔的意思，而且我還會把它解釋得更清楚一點。就某種意義而言，這

⑥此處應是指白猴神哈努曼（Hanuman），是為印尼爪哇人崇拜的象徵，當地居民常在建築上擺置色彩鮮豔的猴神雕像或壁飾。

⑦西藩國（Cipango）：日本的舊稱，《馬可波羅遊記》中，稱古日本國為西藩國。

⑧義大利詩人但丁在《神曲》中，把地獄描寫成一個上寬下窄的圓錐體，由九個圓盤，以同心圓方式，堆疊而成。

甚至是我職務的一部分。不過，首先我必須向您鋪陳幾件事實，這將有助於您更加瞭解我的敘述。

幾年前，我在巴黎當律師，說眞的，還是一位小有名氣的律師。當然，我並沒有告訴您我的眞實姓名。我有個特點，專門承接高尚的訴訟案。就如一般所說的，是爲寡婦和孤兒辯護，我不知道爲什麼，因爲畢竟也有行爲過分的寡婦和凶狠殘忍的孤兒。然而，只要在被告身上嗅到一丁點受害者的氣味，就足以使我揮動衣袖展開行動。怎樣的行動啊！簡直是一場風暴！我的全部心神都在衣袖上。人們眞是要以爲正義夜夜都與我同眠了。我相信您一定會讚賞我語氣精準，情感適切，言詞具說服力又不失溫暖，以及辯護時節制得當的憤慨。至於外表方面，我也相當得天獨厚，輕鬆就能表現出高貴的儀態。此外，還有兩股眞誠的感受支持著我——在法庭上身處公正良善一方所帶來的滿足，以及對於一般法官有股本能的輕視。歸根究柢，這股輕蔑或許並不是那麼地出自本能。我現在知道它有它的道理。但是，從外部來看，它毋寧像是一種激情。我們不能否認，至少目前，必須有法官，不是嗎？然而，我無法理解，人，竟指派自己來執行這項令人驚奇的職務。我既然看見他，便接受了他，但有點像是我接受了蝗蟲的存在一樣。不同的是，這些直翅目昆蟲的入侵從未給我帶來分文，我卻是藉由與所蔑視之人對話而謀生。

就這樣，我站在正義的一方，這足以使我良心安穩。法律的意識，有理所帶來的滿足感，自尊自重的喜悅，親愛的先生，這些都是我們站穩腳步或前進的強大動力。相反地，如果您剝奪了人們的這些覺知，您就把人變成了盛怒的瘋狗。有多少犯罪都只是因爲犯案者無法忍受缺少這些東西啊！從前，我認識一位工業家，他有個完美無瑕、人人稱道的妻子，然而他卻背叛她，有了外遇。這個男人因爲自己理虧而憤怒不已，也因爲沒辦法把美德的證書頒給自己而惱怒至極。他的妻子越表現得無可挑剔，他越是怒火中燒。最後，他的過錯變得難以忍受。您想他怎麼做了？停止欺騙他的妻子嗎？不，他把她殺了。也正因爲如此，我才和他有了接觸。

我的情況是比較令人羨慕的。我不僅不會有加入這幫罪犯陣營的風險（尤其是，我單身，沒有任何機會殺死自己的太太），而且我還替這類人辯護，唯一的條件是，他們是優良的謀殺犯，就如同有些人是優良的野蠻人一樣。我進行這種辯護的方式本身帶給我極大的滿足。在職業生涯方面，我確實無可指責。我從未收受賄賂，這當然不用說，可是，我也從來不曾卑躬屈膝求取門路。更稀有的是，我從未同意奉承任何一位記者，只為了使他對我有利，也從未阿諛討好任何一位官員，只因對方的友誼可能會有用。我甚至有兩三次機會可以獲頒榮譽勛位，我則以內斂的尊嚴予以拒絕了，並從這份尊嚴中得到眞正的獎勵。最後，我從未讓窮人付錢，也從未對此事高調宣揚。親愛的先生，您別以為這一切都是我自吹自捧。我並無任何居功厥偉之處——在我們的社會裡，貪得無厭取代了雄心壯志，這種貪婪每每令我發笑。我有更高遠的志向；您將發現這個用語在我身上十分貼切。

您盡量評判我的自我滿足吧。我一直盡情發揮自己的天性，並樂在其中，我們都知道這是幸福的所在，儘管我們為了讓彼此相安無事，有時會以自私為名假裝譴責這些樂趣。至少，我樂於自由展現自己這部分的天性，對寡婦和孤兒的需求全力回應，經過一次又一次的實踐，這個特質最終主宰了我全部的生活。舉例來說，我非常喜歡協助盲人過馬路。老遠地，我看見一根手杖在人行道的轉角處躊躇，便趕緊跑上前去，有時僅一秒之差，搶先那早已伸出的仁慈之手，使盲人只由我來協助，用我溫暖而堅定的手引導他踏上斑馬線，穿梭在來往車輛之間，走向街旁的安全地帶，然後，彼此懷抱著感動分開。同樣地，我一直喜愛爲街上問路的行人指點方向，借火給他們點菸，對拉沉重大車的人伸出援手，助其一臂之力，推拋錨的汽車，買救世軍⑨的報紙，或者買老婦人販賣的花，儘管我知道那是她從蒙帕納斯墓園偷來的。我還喜歡，啊，這更難以啓齒了，我喜歡捐獻施捨。我的朋友中有一位是頗具名望的基督徒，他就坦承人們看見一個乞丐走近他的住家，內心第一個感受是不舒服。而我呀，更糟，我喜不自勝。我們就此略過吧。

姑且說一說我的有禮貌。那是相當出名的，而且不容置疑。禮貌確實給了我極大的快樂。某些早晨，如果我有幸在公車或地鐵裡，讓座給顯然應該有位子的人，撿起一個老太太不慎掉落的東西，然後帶著我慣有的微笑把東西還給她，或者純粹只是把我招來的計程車讓給比我更急需的人，我的一天便燦亮起來。還應該一提的是，大眾運輸罷工的那些日子，我有機會在公車站點，載送幾個不幸無法回家的同胞，我同樣會感到十分快活。在劇院裡，讓出我的座位

⑨ 救世軍（salutiste）：國際性慈善組織，屬基督教教會，一八六五年成立於英國倫敦，以街頭布道、社會服務等活動著稱。

使一對夫婦或情侶得以坐在一起；旅行時，幫一個年輕女孩把行李放進她搆不著的網架裡，這些都是我比其他人更常做的事，因爲我更加留意這樣的機會，而且也更加懂得品味其中的樂趣。

人們還認爲我慷慨大方，而我確實如此。在公開場合和私底下，我都大量捐獻。當我必須拿出一件物品或一筆錢時，我所感到的遠遠不是痛苦，而是恆常不變的快樂。有時我看見這些贈與沒有物盡其用，以及可能隨之而來的忘恩負義，心中難免產生某種傷感，但這還是無法與捐獻所帶來的最微不足道的喜悅相提並論。我對樂善好施的歡喜程度，甚至使我憎恨被迫而爲。在金錢方面錙銖必較令我厭煩，就算是加以容忍，也心情惡劣。我應該擁有捐贈的自主權。

這些都是小事，卻能使您瞭解我在生活裡，尤其是在我的職業裡，所發現的種種源源不絕的樂趣。例如，在法院的走廊上，被一名被告的妻子攔下，我只不過基於正義或憐憫而替該被告辯護，我指的是免費辯護，聽這位女士低聲說沒有任何東西，眞的，沒有什麼能答謝我爲他們所做的事，這時，回答她，這很自然，無論誰都會這麼做；甚至還提供援助，幫他們度過即將面臨的艱難日子，然後，爲了阻斷這些情感的流露，就此在他們心中保留一份適當的迴響，我親吻了這位可憐女士的手。這件事就講到此吧，請相信我，親愛的先生，這已經超越庸俗的野心家，攀升至了最高點，在那裡純然只有美德。

我們就在這些頂峰停留一下吧。您現在明白我所謂有更高遠志向的意思了。我所說的正是這些頂點，我只能在那裡生活。是的，我只有在崇高的處境中才感到自在。即便在生活的細節裡，我也需要居於高處。我偏愛公車勝過地鐵，喜歡馬車勝過計程車，喜歡屋頂露臺勝過樓中夾層。我愛好運動型飛機，在飛機上，人們可以把頭伸向高曠無比的天空，我也是船舶艉樓上流連忘返的散步者。在山裡，我總避開深谷，前往山口或高地；我至少是準平原上的人[10]。如果命運迫使我選擇一項體力勞動的職業，絞盤司機或是蓋屋頂的工人，請放心，我會選擇屋頂上的工作，與暈眩爲伍。船艙、貯貨艙、隧道、山洞及深坑都令我厭惡。我甚至對洞穴專家懷有一股特別的仇恨，這些人居然有臉占據報紙的頭版，他們的活動實在讓我作嘔。努力到達地下八百公尺之處，冒著

⑩ 準平原（pénéplaine）：地面起伏平緩，寬谷淺丘相間的類平原地形。

腦袋卡在岩石狹道中的危險（這些頭腦不清楚的傢伙稱之為虹吸管），在我看來，是性格扭曲或心理受刺激的人才會有的愚蠢壯舉。那底下潛藏著罪惡。

相反地，一個天然形成的陽臺，高出海面五六百公尺，仍能看見波光粼粼的大海，卻是我呼吸最暢快的地方，尤其當我獨自一人遙居於蟻群一般的人類之上時。我能輕易解說，為什麼傳道說教、關鍵性的宣講、火祭之類的神蹟都在人跡可至的高地上進行。我認為，人們不可能在地窖和監獄的牢房裡沉思冥想（除非牢房設在塔樓裡，有著遼闊的視野）；人們只會在那種地方虛耗光陰。我理解這樣的人，他出家之後又還俗，因為他的教士小房間，打開門窗後，並未如他預料的面對著一片廣闊的風景，而是朝向一堵牆。至於我，請相信，我沒有虛耗時光，在一天裡的每時每刻，於我自己和置身人群當中，我都往高處攀登，在那裡點燃眾目所及的火焰，於是，一陣歡喜的致意聲朝我升起。至少，我就是這樣熱愛生活，也對自己的優秀特質相當滿意。

我的職業圓滿地實現了這個攀上頂峰的志向。它使我擺脫了全然的辛酸感，那是一股我對於從未虧欠過、且始終向他們施恩的人，所懷有的辛酸感。它將我置於法官之上，是我評判他，它將我置於被告之上，是我迫使其認罪。

親愛的先生，請細細思量這個景況——我活著，且並無裁罰的約束。任何審判都與我無涉，我不在法庭上，而是在某處，在舞臺上空懸吊布景的地方，如同那些神像，人們時而藉助機器把它降下來，以轉換情節，賦予它新意。畢竟，居高臨下的生活仍然是讓極大多數人看見和禮讚的唯一方式。

況且，在我那些優等的罪犯當中，有幾位在殺人時正是聽從了同樣的感覺而行之。深陷悲慘處境中，在報紙上讀到事後的報導，無疑給他們帶來了一種可憐的補償。正如許多人一樣，他們再也忍受不了沒沒無聞，這股焦躁在某種程度上帶他們走向令人遺憾的極端。歸根究柢，殺死一個門房就足以使人成名。不幸的是，這種聲名轉瞬即逝，畢竟有那麼多理應挨刀、也眞被捅了一刀的門房。罪行不斷在臺前上演，而罪犯卻只是短暫出現，旋即被替代。這些曇花一現的勝利最終付出的代價太高了。爲這些渴望聲譽的不幸者辯護，反而才是眞正獲得認可，在同一時間，相同地點，但是用更經濟的方法來成名。這一點也鼓勵我施展值得讚許的努力，好讓他們盡可能付出最少的代價——他們付出的，多少也是代替我付出。我所表現出的憤慨、才智和激動之情，反倒償還了我欠他們的一切。法官們懲處，被告們贖罪，而我，不必承擔任何義務，免於遭審判，也免於受懲罰，自由自在地生活在伊甸的光輝中。

事實上，親愛的先生，這不就是伊甸園⑪嗎——直接掌控生活？這正是我的生活。我從不需要學習如何生活。在這方面，我一出生就都會了。有些人的問題在於防範他人，或者至少在於將就他人。對我而言，妥協將就，是先天具備的。需要時，親切隨和，必要時，靜默不語，可以灑脫不羈，也可以莊重嚴肅，這一切我都遊刃有餘。因此我廣受歡迎，在社交界的成功不可勝數。我儀表堂堂，既是不知疲倦的舞客，也是謹愼謙遜的博學者，我能夠同時愛女人和愛公平正義（這一點也不容易），我運動健身，而且涉獵藝術，罷了，我就此打住，免得您懷疑我自鳴得意。不過，請您想像一下，一個正值壯年的男子，體魄強健，才華洋溢，身體活動和智力活動都同樣敏捷，不貧窮也不富有，睡得好，對自己深感滿意，卻表現得平易近人，討人喜歡。那麼，您承認我是可以毫無驕氣地說自己生活成功吧。

確實，很少有人比我更爲自然如實。我與生活徹底和諧。我完全融入其中，從上到下，生活中的任何諷刺、偉大和束縛，我一概不拒絕。尤其是，肌膚、物質，簡言之，肉體，它在情愛或孤獨中，使那麼多人迷惘或氣餒，卻沒有奴役我，而是爲我帶來恆常的喜悅。我生來就爲了有一副軀體。由此產生我身上的這股和諧，這份輕鬆的克制，人們感覺到它，時而向我承認它有助於他們處世生活。因此，人們極力尋求與我結伴同行。例如，人們經常以爲早已見過我了。生活，它的種種存在以及諸多贈與都迎向我而來；我則懷著善意的自豪接受這些禮讚。事實上，身爲人，由於活得如此完滿充實又簡單自然，我竟感覺自己有點超人了。

我出身清白，但家世並不顯赫（我父親是軍官），然而，在某些早晨，我謙卑地承認，我感覺自己是國王之子或是燃燒的荊棘⑫。請留意，這與我確信自己比所有人聰明是兩回事。況且，這類的確信無關緊要，因爲那麼多笨蛋都有這樣的信心。不，由於事事稱心如意，我感覺（我猶豫著是否要承認），我感覺自己是受到指定的。眾人之中，唯獨我受到指定享有這份長久而穩定的成

⑪ 伊甸園（Éden）：《聖經‧創世記》記載，上帝依據自己的形象創造了人類的祖先亞當和夏娃，並將這對男女安置於伊甸園中。伊甸園，在《聖經》的原文中有樂園、樂土的意思。

⑫ 燃燒的荊棘：出自基督教《聖經‧出埃及記》，摩西在西奈山上看見一株著火燃燒卻沒有焚毀的荊棘，上帝在荊棘中顯現，應允將與摩西同在，並任命摩西帶領以色列人離開埃及。

功。歸根究柢，正是我謙遜的結果。我拒絕將這份成功歸因於我個人的功勞，我無法相信，一個人身上能集結如此不同又極端的優點純屬偶然。這就是爲什麼，就某種方式而言，我覺得自己之所以有權過得這般快樂幸福，全得自於上天的旨意。如果我告訴您我沒有任何宗教信仰，您將更能意識到這份信念的超乎尋常之處。無論尋常與否，這股信念長期將我推升至日常瑣事之上，我確確實實在高處翱翔了許多年，說眞的，我心底還相當懷念那一段時光呢。我一直翱翔著，直到那個晚上……喔，不，那是另一回事，應該忘記它。何況，我或許言過其實了。的確，我樣樣適意自在，但同時又對什麼都不滿足。每一份快樂都促使我希冀另一份快樂。我參加一場又一場歡宴。曾經好幾個晚上通宵跳舞，對人與生活越發著迷。有時，我在那些晚宴裡逗留得很晚，跳舞，低酒精飲料，我的情感迸發，眾人的激烈放縱，將我拋入一種既厭倦又滿足的陶醉中，在疲憊至極的瞬間，我彷彿終於理解了眾生與世界的奧祕。但是，隔天，疲倦消失，奧祕也隨之消逝；我又重新衝撞起來。我就這樣奔走著，總是心滿意足，卻從未飽極生厭，不知道在哪裡停下，直到那天，不如說直到那個晚上，音樂中止，燈光熄滅。而我曾經快樂一時的歡宴……但是，請允許我呼喚我們的大猩猩朋友。請點頭感謝他，尤其，請和我飲酒吧，我需要您的同情。

看得出我這番表白令您驚訝。您難道從來不曾突然需要同情、幫助和友誼嗎？需要，當然啦。我呢，我學會了滿足於同情。它比較容易得到，再說，這不是承諾，不受任何約束。「請相信我的同情」，而內心的話語裡，緊接著就是「現在，我們來談談別的吧」。這是一種內閣總理的心情——災難過後，可廉價取得的情感。友誼，則比較複雜。需要長時間和艱苦的努力才能獲得，但是，一旦得到，便再也無法擺脫，必須面對它。尤其是，別以爲，您的朋友們每天晚上理應打電話給您，爲的是知道您當晚是否決定自殺，或者，更單純，您是否需要有人作伴，是否不方便出門。不，如果他們打電話來，請放心，必定是那晚您並非獨自一人，而且是處於生活美好的時候。自殺，還不如說是他們將您推向了此途，而據他們的說法是，爲了您對您自己肩負的那份責任。老天保佑，親愛的先生，不要被我們的朋友捧得太高！至於那些出於職責而愛我們的人，我想說的是父母和親戚們（好個用語啊），那又是另一個問題了。這些人，他們有適切的字眼，不過倒不如說，字眼成了子彈；他們打電話有如射擊衝鋒槍。而且他們瞄得很準。啊，巴贊納[13]之流的人物呀！

什麼？哪個晚上？我稍後會提到，跟我相處請有一點耐心。況且，就某種意義而言，談朋友和親戚，都在我的主題範圍內。您可曉得，有人向我提起過一個人，他的朋友被關進了監獄，他便每晚都在臥室席地而睡，爲的是不再享受那份他所愛之人已被剝奪的舒適。誰，親愛的先生，誰會爲了我們睡在地上呢？我自己是否做得到呢？聽著，我想要如此，我也將會如此。是的，有朝一日我們大家都辦到了，世界也將得救。可是，這並不容易，因爲友誼飄忽不定，漫不經心，或者至少軟弱無力。它想要的，它無法做到。歸根究柢，也許，它的意願不夠強烈吧？也許，我們還不夠愛生活吧？您留意到了嗎，唯有死亡能喚醒我們的情感？我們是怎樣愛著那些剛離開我們的朋友，不是嗎？我們多麼仰慕我們主人的那些朋友，他們嘴裡塞滿泥土，再也不能說話！尊敬，在這時候來得極爲自然，或許他們終其一生都在等待我們的這份敬意呢。但是，您知道爲什麼我們對死者總是較公允、較慷慨寬容嗎？理由很簡單！對他們，不需要盡義務。他們讓我們自由，我們可以從容不迫地將敬意安插在雞尾酒和可人的情婦之間，總之是在我們空閒的時候。如果說他們強迫我們盡過什麼義務，那麼大概就是懷念他們，而我們是健忘的。不，在我們的朋友中，我們愛的是剛去世不久的亡者、痛苦死去的人，我們的悲痛心情，最終，是我們自己！

我有這樣一位朋友，我總是盡量躲著他。他讓我有一點煩，而且他的道德感很強。但是，請放心，在他臨終之際，我又見著他了。我算是沒有白白過那一天。他握著我的手離世，對我感到滿意。另外，有一個女人，動不動就糾纏我，而一切終究徒然，她相當知趣，年紀輕輕就死了。在我心中，她立刻占有一席之地！再加上，她是自殺的！天主啊，多麼美妙的驚悸呀！電話打通了，心緒翻騰，語句刻意簡短，但富含弦外之音，強忍著傷痛，甚至，是的，還有些自責！

人就是如此，親愛的先生，人有兩個面向——他不能愛他人而不愛自己。

⑬ 巴贊納（François Achille Bazaine，一八一一～一八八八）：法國第二帝政時期的軍人，普法戰爭中，身為元帥，卻率領十七萬精銳部隊投降敵軍。戰後以叛國罪入獄受審，後越獄逃亡，客死西班牙。此事件之後，巴贊納，成了背信棄義的同義詞，報章刊物一度把行徑相似或替這類行為辯護的人歸類為巴贊納之流。

如果大樓裡碰巧出了一樁喪事，觀察一下您的鄰居吧。他們在自己的小日子裡安穩睡著，突然，比方說，門房死了。他們頓時醒來，一陣騷動，打聽消息，表示同情。死亡蓋棺論定，戲劇終於開演。他們需要悲劇，有什麼辦法呢，這是他們日常之外的小小超脫，這是他們的開胃飲料。再說，我跟您提及門房，難道是偶然嗎？我就認識一位，他實在人見人厭，簡直是惡毒的化身，一個一無是處而且滿肚子怨恨的怪物，即使是方濟各會修士⑭也會對他失望吧。我甚至不再和他講話，而僅僅他的存在就足以破壞我平常的興致。他死了，我去參加了他的葬禮。您願意告訴我這是爲什麼嗎？

再說，葬禮的兩天前，可有趣極了。門房的妻子生病，躺在唯一的房間裡，棺木盒就在她身旁，擺在幾個支架上。住戶們必須自己去取信件。他們打開門，說：「日安，太太。」聽女門房手指著死者一陣頌揚，然後拿走他們的信。過程中沒有任何令人愉快之處，不是嗎？然而，整棟樓房的住戶都紛沓過那個散發著消毒劑臭味的小房間。他們並不派遣僕人去，不，他們親自前往享受這番意外的經歷。僕人也去，不過是偷偷的。出殯的那一天，棺木盒子太大，無法通過房門。「噢，親愛的，」門房的妻子躺在床上，帶著既悲又喜的驚訝說道，「他真是高大呀！」「別擔心，太太，」安排葬禮的人回答，「換個面，讓他站著，就出得去了。」他們於是將他直立起來通過，然後再將他放平。唯獨我一人（和一位在小酒館當過侍者的人，就我瞭解，死者生前每晚都和他一塊兒喝保樂酒），一直隨著走到墓地，在豪華得令我吃驚的棺木上撒鮮花。之後，我拜訪了門房的妻子，接受她那悲劇女演員式的道謝。請告訴我，這一切的理由何在？除了開胃酒之外，沒有任何理由。

我還曾經給一位律師公會的年老同事送葬。一個書記職員，相當受人輕蔑，而我總是和他握手。況且，在我工作的地方，我和每個人握手，與其握一次，更樂意握手兩次。這種平易近人的作風讓我不費力就博得所有人的好感，這非常有助於我的全面發展。對於我們書記的葬禮，公會會長是不願撥冗前往的。我嘛，則出席了，要強調，那還是在一次外出遠行的前夕。正因如此，我知道自己的到場將引人注目，而且會得到正面的評價。那麼，您明白了，即使當天下雪也沒有使我退卻。

⑭ 方濟各會（ordres franciscains）：天主教修會派別之一，該會修士們遵循創始人聖方濟各亞西西（San Francesco d'Assisi）的教導，自願過清貧的生活，堅持以平等博愛的態度對待天地萬物。

什麼？我就要談到了，請您千萬別擔心，何況我並未離題呀。不過，請先讓我向您指出，那位女門房爲了盡情沉浸在自己的激動中，不惜破產，購買把手鑲銀、用上等橡木製成的基督受難像，一個月後，她姘居上了一個聲音動聽、自命不凡的傢伙。這個人揍她，人們聽到一陣陣可怕的叫喊，之後，他隨即打開窗戶，高唱他最愛的抒情調——《女人，你們多麼漂亮啊！》「活該！」鄰居們說道。活該什麼呢？我倒要請問您。好吧，所有外在的評價都不利於這位男中音，也不利於女門房。但是，沒有什麼能證明他們彼此不相愛。也沒有什麼能證明女門房不愛她丈夫。再說，當那個自命不凡的傢伙嗓子和胳臂都累了，遠走高飛了，她又稱頌起逝去的丈夫，眞是個忠誠的女人呀！畢竟，我還知道其他一些人，所有的外在條件都對他們有利，而這些人卻不見得更忠實，更眞誠。我認識一個人，他把生命中的二十年奉獻給一名輕佻的女子，他爲這女人犧牲了一切，友誼、工作，甚至生活應有的情理分寸，卻在某天晚上意識到自己從不曾愛過她。他活著，厭倦而乏味，如此而已，他像大多數人一樣，厭倦而乏味地過活。因此他憑空自創了一整部錯綜複雜、悲劇連連的人生。應該要有一些事情發生，這就是大部分人立誓許諾的由來。應該有一些事情發生，即便是沒有愛的奴役，甚至是戰爭或死亡。所以，葬禮萬歲！

而我，至少沒有這種藉口。我並不感覺厭倦乏味，因爲我掌控生活。我向您提過的那個晚上，我甚至可以說，比任何時候都更不讓人厭倦。不，眞的，我並不期望有什麼事情發生。然而……您瞧，親愛的先生，那是一個美好的秋天夜晚，城裡仍暖和宜人，塞納河上已經霧氣潮潤。黑夜降臨，西邊的天空依然透著光，但天色正逐漸昏暗下來，路燈微弱地閃爍著。我踏上左岸的河堤路，朝藝術大橋走去。只見，河水在沿岸舊書攤上閉闔著的書箱之間閃閃發亮。河堤上行人稀少——巴黎已是用餐之際。我踩著落葉，沾滿塵埃的枯黃落葉猶令人回想起夏日時光。人們走過堤岸，在遠離一盞又一盞路燈時，倏忽瞥見的星辰正逐漸布滿夜空。我品味著再一次出現的寧靜，夜晚的愜意和空蕩蕩的巴黎。我感到心滿意足。這一天過得相當順遂——一個盲人，期望中的減刑，客戶熱烈的握手，幾次慷慨施予，以及下午在多位朋友面前，發表了一場精彩的即興演說，侃侃談到我們主管階層的冷酷無情和菁英分子的表裡不一。

我登上藝術大橋，此時橋上空無一人，我想看看入夜後幾乎難以辨識的河水。我面對維爾加隆，俯臨小島⑮。我感覺內在湧現了一股強有力的，怎麼說呢，一種大功告成的開闊心情，我的心膨脹起來。我挺直身軀，正要點燃一根香菸，一根滿足的香菸，這時，就在同一時刻，我的背後響起一陣笑聲。我非常吃驚，猛然掉頭——一個人也沒有。我一直走到橋柵欄邊——既無駁船，也無小艇。我轉身朝小島走去，再次，我聽到背後傳來笑聲，稍微遠了些，彷彿順流而下。我停在那兒，動也不動。笑聲越來越微弱，但我仍然清楚聽見，就在我背後，除了河水之外，不會來自任何其他地方。同時，我感到自己心跳急促。請您聽好，這笑聲沒有任何神祕之處；那是一種善意的、自然的、幾近友好的笑聲，它讓事物各歸其所。況且，不久後，就沒再聽見任何聲響了。我重新回到河堤大道，踏上鐸芬街，買了我根本不需要的香菸。我感到頭昏腦脹，呼吸困難。那天晚上，我打電話給一位朋友，他不在家。正當我猶豫著是否要出門時，突然，聽見窗外下方有笑聲。我打開窗戶。人行道上，果然有一些年輕人在愉快地道別。我聳聳肩膀，關上窗戶；無論如何，我還有一份檔案得研究。我走進浴室想喝杯水。鏡子裡我的臉微笑著，可是，我感覺那微笑是雙重的……

什麼？請原諒我，我方才想著別的事。我們明天見，當然啦。明天，是的，就是這樣。不，不，我不能留下來。況且，您看見那邊那頭黑棕熊，他有事找我諮詢。他是一個正直的人，這一點毫無疑問，警方卑鄙地刁難他，而且純屬居心叵測。您認爲他長得像殺手。請放心，這正是一張這類工作者的臉。他對入侵竊盜的事也相當內行，您如果知道這位穴居者專門從事畫作非法交易，一定會感到吃驚。在荷蘭，人人都是繪畫和鬱金香的專家。此人態度謙虛，是最著名的一樁畫作偷竊案的作案者。哪一幅？我將來也許會告訴您。不用對我的學識感到驚訝。我雖然是法官——懺悔者，在這裡卻還有一項業餘愛好——我是這些老實人的法律顧問。我研讀過這個國家的法條，在這個不要求文憑的地區擁有一批主顧。這並非易事，不過，我讓人們覺得可信賴，不是嗎？我的笑容爽朗，握手有力，這些都是致勝的利器。而且，我還解決了幾起困難的案件，一開始是出於利益，後來才出於信念。親愛的先生，如果老鴇和

---

⑮ 指的應是西堤島（Île de la Cité），位於巴黎市中心塞納河中央的兩座島嶼之一，島上有名聞遐邇的聖母院大教堂，島西側尖端處是維爾加隆（Vert-Galant）廣場。不可詢問他的身世。可惜公主未信守承諾，羅恩格林只能再搭上天鵝船黯然離開。

小偷無論何時何地都被認定有罪，那麼正派規矩的人們就全部都會一直不斷地認爲自己無罪。而依我看尤其應該避免這種事，否則，就淪爲笑談了——好啦，好啦，我來了！

第2章

我一直盡情發揮自己的天性，並樂在其中，我們都知道這是幸福的所在。

眞的，親愛的同鄉人，我感激您的好奇心。可是，我的故事並無任何超乎尋常之處。既然您堅持，請您知道，有幾天，我稍微想了一下那笑聲，之後就忘了。我似乎每隔一段時間便會在自身的某處聽見它。不過，大部分時候，我輕易就想別的事情了。

然而，我得承認，從那以後，我再也不曾踏上巴黎的河堤大道。當我乘汽車或搭公車經過時，內心會出現某種靜默。我想我是在等待。但是，我穿越塞納河，什麼也沒發生，我鬆了一口氣。那時候，我的健康出了一點狀況。沒有任何確切病症，只是感到虛弱，難以恢復好心情。我去看過幾位醫生，他們開給我一些興奮劑。我的精神提振起來，不久又消沉下去。生活變得較不容易了——身體不適的時候，心也無精打采。我似乎遺忘了一部分自己從未學過、卻又那麼清楚知道的事，我想說——知道如何生活。是的，我的確認爲一切都是從那時候開始的。

但今天晚上，也一樣，我感到精神不濟。我甚至連用字遣詞都十分費力。我覺得自己講得不那麼好了，而且言談也不那麼有把握了。一定是天氣的緣故。呼吸不順，空氣太沉悶，壓在胸口上。親愛的老同鄉，如果我們出去到城裡走走，您看是否方便呢？謝謝。

夜晚，運河眞是美！我喜歡水發霉的氣息，枯葉浸泡在運河裡的氣味，陰鬱的氣味從載滿鮮花的平底駁船裡飄上來。不，不，請相信我，這個愛好一點也不病態。相反地，這之於我是一種預先決定的主見。事實是，我強迫自己努力去欣賞這些運河。世界上我最愛的是西西里島，您聽好了，而且還要在埃特納火山①的山頂，陽光下，必須能俯望島嶼和大海。還有爪哇，而且是信風時期的爪哇。是啊，我年輕時曾去過那裡。一般來說，我喜愛所有的島嶼。在那裡較容易居於主宰的地位。

賞心悅目的房子，可不是嗎？您看見那邊兩顆頭顱是黑奴的腦袋。一塊招牌。房子原本屬於一個奴隸販子。哈，在那個時代，沒有人隱藏這類交易！人們鼓起胸膛，高談闊論：「看，我在好地段開了一家名店，我販運奴隸，我賣黑肉。」您能想像今日有人公開聲稱這是他的職業嗎？多大的醜聞啊！我從這裡就聽見我的巴黎同行了。因爲他們在這個問題上是頑強不屈的，他們將毫不

① 埃特納火山（Etna）：歐洲最高也最著名的活火山，位於義大利西西里島東岸。

猶豫地發表兩三份宣言，甚至可能更多！經過考慮，我會在他們後面也加入我的簽名。奴隸制度，啊，那可不行，我們反對！不得已在自家中或工廠裡設置奴隸，好吧，正常合理，但是大肆誇耀此道，就太過分了。

我很清楚，人們活著脫離不了統治他人或被別人服侍。每個人都需要奴隸，就如同需要純淨的空氣一樣。指揮下命令，就是呼吸，您同意這個看法嗎？而且，甚至連那些最貧困匱乏的人也都能呼吸。社會階級底層的人仍有自己的配偶或孩子。如果單身，也還有一條狗。總之，重點在於，能夠發怒而另一方無權回嘴。「不可對他的父親頂嘴」——您知道這句格言嗎？就某種意義來說，此話是不可理解的。在這世界上，人不對所愛的人頂嘴，又對誰頂嘴呢？從另一意義來說，它令人信服。總必須有人做出決斷。否則，任何一個理由都可以有另外一個理由反對——事情將沒完沒了。相反地，權力強大者解決一切。我們耗費了時間，卻也弄懂了這一點。例如，您應該已經察覺到，我們的古老歐洲終於用正確的方法來探究問題了。我們不再像天真時代那樣，說：「我的想法是這樣，您有哪些不同的意見？」我們變得思緒清晰了。我們以公告取代對話。「這就是眞相，」我們說，「您依然可以提出異議，我們對此不感興趣。不過，幾年後，會有警察，他將向您表明我是對的。」

啊，親愛的地球！現在一切都清楚了。我們有自知之明，知道自己有能力做些什麼。來，我嘛，主題不換，換個例子，我一向希望被人微笑著服侍。如果女僕愁眉苦臉，她就壞了我的日子。她絕對有權利不高興。可是，我想，對她來說，笑著服務別人總比哭著服務好。事實上，那對我最好。我這議論雖不精彩，卻也並非全然愚蠢。同樣地，我向來拒絕在中國餐館吃飯。爲什麼呢？因爲，亞洲人，當他們悶不吭聲、而且在白人面前時，經常流露出一副輕蔑的神情。他們服侍別人時，自然也是這副模樣！那麼，教人如何享受北平烤雞呢？尤其，又如何能一邊看著他們，一邊想著自己有理呢？

有件事，純粹你知我知就好，奴役，最好是帶著微笑的奴役，實在無可避免。但是，我們不該承認。不能沒有奴隸的人，稱奴隸爲自由人，不是更有利嗎？首先是基於原則，其次是爲了不讓奴隸們絕望。的確應該給他們這個補償，不是嗎？如此一來，他們將繼續微笑，而我們也問心無愧。否則，我們將被迫重新省視自己，我們將痛苦得發狂，甚至將變得戰戰兢兢，事事擔心害怕。因此，不要招牌，這東西會引起公憤。再說，如果所有人都坐到桌邊，嗯，公布每個人眞實的職業、身分，人們將不知所措了！請想像那些名片——杜蓬，膽小怕死的哲學家，或是基督徒大地主，或者婚姻出軌的人道主義者，眞的，人們不乏選擇。然而，那將是地獄！是啊，地獄大概就是如此——一條條掛著招牌的街道，無法解釋緣由。人們一旦被劃定類別，終生不變。

好比說，您，我親愛的同鄉人，請想一下您的招牌會是什麼。您不說話了嗎？好吧，您以後再回答我。反正我知道我的招牌——背對背兩張臉，一個可愛的賈努斯[2]，上方有住所的題辭：「請勿相信」。我的名片上則寫——尚—巴蒂斯特．克拉蒙斯，喜劇演員。聽著，我向您提過的那天晚上之後不久，我發覺了一些事。我協助一位盲人過馬路，在人行道上離開他時，我朝他致意。這捻捻帽子的舉動顯然不是爲他而做的，因爲他看不見。那又是對誰做呢？對群眾。角色扮演完了，向觀者致意。嗯，不錯吧？同一時期，另一天，一位受我幫忙的汽車駕駛向我致謝，我回答他，沒有人會這麼做。當然啦，我想說，任何人都會這麼做。但是，這個不幸的口誤一直讓我耿耿於懷。談謙遜，眞的，我無人能及。

必須謙卑地承認一件事，我親愛的同鄉人，我一直都虛榮得要命。我，我，我，這就是我寶貴生命的反覆調，我說出的一切話語之中，都聽得到它。我永遠一邊說話，一邊自我炫耀，尤其是以那種我深諳奧祕的喧譁式含蓄來自我炫耀。確實，我向來過著自由且強有力的生活。自然地，我在面對所有人時，感到了無羈絆，我的理由絕佳，因爲我不承認有人能和我高度相當。我一向自認比任何人都聰明，我對您說過這一點，但我也認爲自己更敏感、更機靈，是優秀的射擊手，無與倫比的駕駛人，最好的情人。甚至，在那些能輕易檢驗出我居於劣勢的領域中（比如網球，我只是個差強人意的伙伴），我也很難不相信，假如有時間練習我會勝不過最高的級別。我只承認自己的優勢，這便解釋了我的友善和坦然。當我關照他人時，那是純粹的屈尊俯就，我完全自由，而且全部的功勞都歸屬於我個人——我對自己的愛因此又升高了一個層級。

在我跟您提過的那個晚上之後的一段時間裡，根據其他幾件事實，我漸漸發現了這些顯而易見的情況。不是即刻，不，也不是非常分明。首先我必須重

②賈努斯（Janus）：羅馬神話中的古老神祇，具有正反兩面臉孔，分別朝向過去和未來。

新找回記憶。逐漸地，我看得越來越清楚，我學會了一些過去所知道的事情。在這之前，我一直受助於一種令人驚奇的遺忘能力。我忘記一切，而最初，是忘了我的決心。事實上，什麼事都無法上心。戰爭、自殺、愛情和苦難，當環境迫使我去關心的時候，我當然會留意，卻是以一種恭敬有禮、蜻蜓點水的方式去關心。有時，對於一樁和我最日常的生活不相干的案件，我會假裝熱中。然而，實際上，我並沒有參與其中，當然了，在我的自由受到妨礙時除外。怎麼跟您說呢？滑溜而過。是的，一切都從我身上滑了過去。

平心而論，我的遺忘有時候是值得讚許的。您曾注意到有些人，其宗教信仰在於原諒所有他人的冒犯，而他們也的確做到了，但是始終無法遺忘。我不是能原諒冒犯的那種人，不過到頭來我總是忘得一乾二淨。自認被我痛恨的人，看見我笑嘻嘻地和他打招呼，總是非常驚訝。依據他的性情，他或者欽佩我胸襟寬闊，或者鄙視我的怯懦，卻沒想到我的理由更爲簡單——我連他的名字都忘了。於是，使我冷漠或忘恩負義的同一缺點，卻也使我成了一個寬宏大量的人。

因此，我過一天算一天，生活中唯一的持續性是我——我——我。過一天算一天，玩弄女人；過一天算一天，或行善或作惡；過一天算一天，如同狗群一般；然而，每天都是我自己，堅守崗位。我就這樣在生活表面載浮載沉，某種程度上是在語言文字裡，卻從不曾在眞實裡。所有那些幾乎沒有讀過的書，那些幾乎沒有愛過的朋友，那些幾乎沒有遊歷過的城市，那些幾乎沒有占有過的女人！由於厭煩或爲了消遣，我有過一些行動。人們跟隨，他們想要攀附，卻空無一物，這是不幸。此乃對他們而言。因爲，對我而言，我已經忘了。我從來只記得我自己。

然而，漸漸地，記憶重回到我的腦海中。或者不如說，我重回到記憶的懷抱，我在那裡找到回憶，一直等著我的回憶。在和您談論之前，親愛的同鄉人，請允許我給您舉幾個例子（我確信，它們會對您有用），這是我在探索期間的發現。

有一天，我開著自己的車，綠燈亮時延遲了一下才起動，我們那些有耐心的同胞立即在我背後狂按喇叭，這時，我回憶起一件發生在同樣情況下的意外。一輛摩托車超越我，騎士是一位身材乾癟的矮小男子，戴夾鼻眼鏡，穿著一條高爾夫球長褲，遇到紅燈，摩托車停在我的前方。停下來的時候，這位小個兒男士將引擎熄了火，此時正竭力重新發動，卻徒勞無功。綠燈亮了，我以慣有的禮貌請他挪移機車好讓我通過。小個子男士仍在為噗噗作響的引擎而惱火。他於是根據巴黎的禮節常規，要我站到一旁去。我堅持著，始終彬彬有禮，只是聲調裡有些輕微的焦急。對方隨即讓我明白，不管怎麼樣，走路騎馬都要我滾蛋。這時，我背後開始傳來幾聲喇叭。我的口氣更堅決了，請當事人態度放尊重些，並且認清他正在阻礙交通。這個暴躁的傢伙，無疑因為他的機車引擎顯然與其作對而惱羞成怒，他告訴我，如果我想挨一頓痛揍，他稱此為疏筋活骨，他很樂意奉送。如此厚顏無恥令我怒火塡膺，我下車，打算教訓教訓這個講話粗魯的傢伙。我不想當懦夫（但願別人也不這麼看待我），我比對方高出一個頭，我的肌肉向來十分給力。我現在還認為與其替人疏筋活骨，不如被人疏通筋骨。但是，我在馬路上都還沒站穩，從逐漸聚集的人群中就走出一名男子，朝我直奔而來，要我明白，我卑劣至極，他不允許我毆打一個騎摩托車，因而處於劣勢的人。我面對這名大俠，實際上，我甚至沒看清楚他。我才剛轉頭，幾乎同時，我聽見摩托車重新砰砰發動的聲音，耳朵上也被人猛摑了一下。我還沒來得及記住發生什麼事，摩托車已經遠離了。我頭昏眼花，不自覺地走向那位達爾達尼昂[3]，同一時刻，從越來越龐大的車陣中，響起一陣喇叭的惱怒合奏。綠燈又亮了。我還有些迷迷糊糊的，沒有去痛罵那個攔截了我的蠢蛋，而是乖乖地返回自己車上，我發動車子，經過那個蠢蛋身旁時，他向我致意，一邊說「可憐的傢伙」，這句話我至今都還記得。

您會說，這是一件小事吧？的確。只是，我花上很長時間才忘記，這說明了它的重要性。而我也有一些理由替自己辯護。我挨了打卻沒有還手，但是不能指責我怯懦。我兩面皆遭到突襲和制止，也和兩方面都鬧翻了，喇叭聲讓我徹底暈頭轉向。然而，我感到不幸，就好像我喪失了名譽似的。我又看見自己坐上車子，在眾人嘲諷的目光下毫無反應，我記得，那天穿著十分高雅的藍色服裝，群眾因此更加開心。我聽見那句「可憐的傢伙」，而我竟感覺這樣的形容所言不虛。總之，我在公眾面前尊嚴掃地了。確實，這是諸多情況湊集而成的結果，可是，種種情況一直都存在的呀。事後，我才清楚地意識到當時應該怎麼做。我看見自己一記鉤拳將達爾達尼昂打倒在地，然後重新上車，追那個

③ 達爾達尼昂（d'Artagnan）：法國小說家大仲馬名著《三劍客》中的主角，個性衝動，為人英勇，凡事以正義和友情為先。

揮拳打了我的畜生，追上他，把他的機車甩到人行道邊，拉他到一旁，痛打一頓，他實在罪有應得。我在想像裡，把這部小小電影排演了上百次，只微微更動腳本。可是，太遲了，有好幾天，我只能把這不光彩的憤恨往心裡吞。

噢，又下雨了。您可願意我們在這門廊下停留一會兒。好。我講到哪裡了？啊！對，名譽！呃，當我再想起這段遭遇時，我明白它意味著什麼了。幻想終究抵不過事實的考驗。我曾經夢想成爲一個全能的完人，在人格和職業上都受人尊敬。如果您願意，半是塞爾當，半是戴高樂④。簡言之，我想在所有的事情上都占優勢。這就是爲什麼我擺架子裝闊氣，將殷勤獻媚的功夫用在展現身體的機靈，而非智力的稟賦上。可是，在當眾被打而無反應之後，想要抱持美好的自我形象已不可能了。如果我曾經是眞理和智慧的愛好者，正如我自詡的那樣，這件早已被圍觀者遺忘的遭遇又給了我什麼呢？我幾乎要怪罪自己沒事亂發脾氣，也幾乎怪罪自己，生了氣卻又缺乏機智應付憤怒所帶來的結果。我沒有這麼做，卻渴望報復，打擊和戰勝對方。就好像我眞正的願望不是成爲世間最聰明或者最仁慈寬厚的人，而只是想愛打誰就打誰，最終成爲最強的人，而且是以最粗鄙的方式來達成。眞相是，您清楚知道，任何聰明人都夢想成爲盜匪，只用暴力掌控社會。由於這並不像一些探案小說讓人那樣容易地相信，人們通常便寄託於政治，奔向最殘酷的政黨。如果能因此統治所有的人，使自己的思想變得卑鄙不堪，又有何不可呢，是不是？我發現自己正做著壓迫他人的美夢。

至少，我學到了，唯有當罪犯和被告們的過失眞正對我毫無損害時，我才會站在他們那一邊。他們的犯罪使我滔滔雄辯，因爲我並未蒙受其害。當我遭受威脅時，我不只變成法官，更甚者，還變成暴怒的主人，想不顧一切法律，痛懲歹徒，使其屈服。在此過後，親愛的同鄉人，我實在很難繼續鄭重其事地認爲自己身負正義的使命，是寡婦和孤兒理所當然的保護人。

既然雨勢變大，而我們有時間，我能斗膽向您吐露不久之後在我記憶裡的一個新發現嗎？我們就坐在這張長凳上躲雨吧。幾個世紀以來，抽菸斗的人們也在這裡凝視著同樣的雨落進同樣的運河裡。我要對您敘述的卻是較困難的。

④ 塞爾當（Marcel Cerdan，一九一六～一九四九）：法國拳擊手，曾數度贏得法國及歐洲次中量級拳擊賽冠軍。
戴高樂（de Gaulle，一八九〇～一九七〇）：法國軍事家及政治家，也是法蘭西第五共和的第一任總統。

這次是有關一個女人。首先得知道，在女人方面，我向來不費力就能取得成功。我並不是說成功地讓她們快樂，甚至也不是說經由她們讓我自己快樂。不，就是成功，如此而已。我願意的時候，約莫總能達到目的。人們覺得我有魅力，請想像一下吧！您知道什麼是魅力，那是一種不用提出任何明確問題，就能聽到肯定答覆的方法。我當時正是如此。這讓您感到驚訝？得了吧，別否認這一點。憑著我曾經有過的容貌，這是相當自然的。唉！過了某個年紀，任何人對他的容貌都有責任。我的面容……不過，那又怎樣！事實就是如此，人們覺得我有魅力，我也就加以利用。

然而，我對此沒有任何算計；我誠心誠意，或者大致如此。我和女人的關係是自然的、輕鬆的，如同人們所言，是容易的。其中沒有摻雜詭計，或者只有公開的，被她們視為一種致敬的詭計。用慣用的話來表達，我愛她們，這也等於說我從未愛過她們之中任何一位。我向來認爲厭惡女人是庸俗、愚蠢的，而且我認爲，幾乎所有我認識的女人都比我好。然而，我把她們看得這麼高，更經常是利用她們，而不是爲她們效勞。如何辦到的呢？

當然了，眞正的愛情是特例，百年之中大概出現兩三次。其餘的時間裡，是虛榮和煩悶。至於我，不管怎麼說，我不是葡萄牙修女⑤。我的心並未乾枯，差遠了呢，相反地，它充滿了溫情，也因此容易流淚。只是我的熱情始終轉向我自己，我的溫情也只為了我自己。無論如何，說我從未愛過是不正確的。在我生命中至少碰過一次偉大的愛情，其對象始終是我本人。由這個觀點出發，在年紀很輕時遇到過不可避免的糾葛之後，我很快就拿定了主意——感官好色，且唯有以它來主宰我的愛情生活。我只追求享樂和征服的對象。再說，我的體質在這方面大大幫助了我——大自然對我實在厚愛。我也以此為傲，並從中獲得不少滿足，簡直說不清，那是享樂的滿足或是聲望的滿足。好啦，您又要說我在吹噓了。我不否認，當我把眞實的事情拿來胡亂吹噓時，我就更加無法引以為傲了。

在所有情況裡，我的感官好色，就只談好色吧，是如此之眞切，即使一場為時十分鐘的豔遇，為了它，我也可以不認父母，不惜事後會苦澀地感到後

⑤葡萄牙修女（la Religieuse portugaise）：十七世紀法國書信體小說《葡萄牙書簡》（Lettres portugaises）的主角，年輕的葡萄牙修女和一位派駐當地的法國軍官相戀，後遭其拋棄。全書透過修女給軍官的五封信描寫熱情幻滅的過程。

悔。我這是在說什麼啦！尤其是就爲了一場爲時十分鐘的豔遇，更甚者，只要我確定那是短暫的逢場作戲。當然了，我有幾個原則，譬如，朋友的妻子是神聖的。只是，我會在幾天之前，誠心誠意地終止和丈夫的友誼。也許我不該稱此爲感官好色？好色這種東西並不令人厭惡。讓我們寬容一點，說它是缺陷，一種先天的無能，是在愛情裡只看到我們肉體的作爲，除此之外看不到別的。總之，這種缺陷是令人舒服的。它搭配上我的健忘，對於我的自由十分有利。同時，它還給予我某種疏遠的態度和頑強獨立的神情，也因此提供我新的成功機會。由於竭力不抱持浪漫幻想，所以我給了幻想家可觀的精神糧食。事實上，我們那些女朋友和拿破崙有共同之處——她們總是想在所有人都失敗的地方成功。

況且，在這類交易裡，我還滿足了感官好色以外的東西——我對玩遊戲的愛好。我喜歡把女人看成某種遊戲的玩伴，至少她們要傾向純眞無邪。您看，我無法忍受厭煩，生活裡，我只重視消遣娛樂。任何群體，即便是出色卓越的，很快就讓我感到乏味，而和那些自己喜歡的女人在一起，我卻從不厭煩。我苦於承認，我會用十次與愛因斯坦的會談去交換和一名漂亮女人的初次約會。到了第十次約會時，我眞的就會期望與愛因斯坦會談或來一些艱難的閱讀了。總之，我向來就只有在那些小小放蕩之間的空檔，才會去關心重大問題。多少次，我站在人行道上，和朋友們討論得正熱烈，卻丟失了他人向我講述的推論線索，因爲，與此同時，一位風姿綽約的美女正穿越街道。

所以，我按劇本表演。我知道，她們不喜歡太快攻陣達標。如同她們所言，首先應該交談，溫存。身爲律師，我不擔心詞窮，在軍隊裡，學過演戲，亦懂得眉目傳情。我經常轉換角色，但始終是同一齣戲。例如，不可理解的吸引力之類的橋段——「我不知道爲什麼」、「沒有理由，我不想被吸引，我對愛情感到厭倦」等等總是十分有效，儘管那是最古老的劇目之一。還有神祕的幸福，任何其他女人從未給過您的，這幸福也許毫無未來，而且確實沒有未來（因爲人們無法保證什麼），但正因如此它是不可取代的。我還特別改良了一小段臺詞，一直很受認可，我確信您也會鼓掌的。臺詞的主旨在於痛苦且無可奈何地表明，我一無可取，不値得愛戀，我的人生在別處，它不需要平常的幸福，或許我本該愛這幸福勝過一切，可是，現在，已經太遲了。這種「來不及」具有決定性，至於其原因，我保守祕密，因爲我知道最好帶著祕密入睡。

況且，就某種意義而言，我相信自己所說的話，我活在我的角色裡。於是，毫不意外，我的女伴們也熱烈地配合演出。我的女友中最敏感的幾位竭力理解我，這份努力用心致使她們鬱鬱感傷，毅然相許。其他人見我遵守遊戲規則，體貼地在行動前先說話，滿意之餘，毫不拖延地走向現實。我就這麼贏了，而且是雙重勝利，因爲在滿足了我對她們的欲望之外，我也藉由每次對自己魅力的驗證，滿足了對自己的愛。

這一切如此眞切，即使有時候某些女人僅給予我差強人意的樂趣，我仍然每隔一段時間就和她們重修舊好，這無疑是由於分離以及之後突然恢復的默契，助長了一股獨特的欲望，但也爲了確認我們的關係一直保持著，而且唯有我能再次拉緊這段關係。有時，我甚至要求她們發誓不屬於其他任何男人，就爲了一勞永逸地平息我這方面的焦慮。然而，心靈，甚至想像著與這股焦慮毫無關係。事實上，某種自負深切地體現在我身上，就算事證明顯，我還是難以想像一位我曾經擁有過的女人有朝一日會屬於另一個男人。而她們向我許下的誓言束縛了她們，卻解放了我。既然她們不屬於任何人，我便可以下定決心決裂，要不然，我幾乎絕不可能辦到。有關她們的驗證從此徹底完成，我的權力也長久得到了確保。奇怪，是不是？然而，我親愛的老同鄉，事情就是如此。有些男人喊著「愛我」，另一些喊著「別愛我」，而某些最惡劣、最卑鄙的人則說「別愛我！但要忠於我」。

只不過，噯，驗證永無止盡。每遇到新的對象就必須重來一次。由於不斷地重新開始，習慣於焉形成。很快地，您不假思索，話語便湧上來，之後是如下的反應——人們有一天會處於占有、卻並不眞正欲求的境況中。請相信我，至少對某些人來說，不占有自己無欲求的東西，是世界上最困難的事。

有一天恰恰發生了這樣一件事，無須告訴您她是誰，只消說她的模樣懶散又貪婪。那神態吸引了我，卻沒有眞正讓我心湖蕩漾。坦白說，這次經驗平淡無奇，一切都在意料之中。但是我從不以爲意，我不再見到她，很快就忘了這個人。我心想她不曾覺察到什麼，我甚至想像不出她會有看法。況且，在我眼裡，她懶散消極的態度使她與外界隔絕。然而幾個星期之後，我卻得知她向第三者透露了我的缺陷。我立刻感覺有點受騙了；她沒有我以爲的那麼散漫，她並不缺乏判斷力。然後，我聳聳肩，假裝付之一笑。我甚至實實在在地笑了；很顯然，這段意外情節並不重要。如果有一個領域，在其中謙虛應該被視爲通則，這個領域難道不就是性欲以及源自於它的所有不可預料之事嗎？不，即使在孤獨中，每個人還是都想占上風。我雖然聳了聳肩膀，實際上又是如何行動呢？一段時間之後，我又見到了這個女人，我做了該做的事來引誘她，並重新眞正占有她。這不很困難——她們也不甘心失敗收場。從那一刻起，我沒有明顯的意願，事實上卻開始百般凌辱她。我拋棄她，又重新得到她，強迫她在不適宜的時間和地點獻身，我在各方面都粗暴地對待她，到後來竟對她產生依戀，正如同我想像中的獄卒與囚犯相繫相連一樣。直到某天，在一陣痛楚壓抑的快樂和狂亂中，她高聲讚頌奴役她的一切。就在這一天，我開始疏遠她。此後，我就忘記她了。

就算您禮貌性沉默不語，我還是同意您的看法，這場遭遇不甚光彩。然而，思索一下您的生活吧，我親愛的同鄉人！挖掘一下您的回憶吧，或許您會找到某個相似的故事，以後您可以講給我聽。至於我，當我想起這件事的時候，我仍然會笑。但這是另一種笑，相當類似我在藝術大橋上聽到的那種笑。我笑我的言談和我的辯護詞。而且，我笑我的辯詞更甚於笑我對女人們說的話。對女人，起碼，我鮮少說謊。在我的態度裡，天性表達得清清楚楚，毫不藉口逃遁。舉例來說，愛的行爲，就是一種招認。自私之心在其中搖旗吶喊，不加掩飾，虛榮展現無遺，又或者，眞正的寬厚也在其中昭然若揭。總之，在這樁令人遺憾的故事裡，相較於在其他一些事故中，我比自己想得更坦率，我說出了我是誰，以及我如何才能生活下去。所以，無論表面如何，在我的私生活中，甚至，尤其是當我如同對您說過的那樣待人接物時，那時候的我，比起在職業上論述清白和正義時情感奔騰的我，更値得尊敬。至少，看著自己與人相處的舉止，我便不可能在一己的眞實性情上自欺欺人。沒有人在享受歡愉時是虛僞的，這是我讀到的，還是想到的呢？我親愛的同鄉人。

因此，當我考慮到自己難以和一個女人徹底分手，而這種困難使我同時有那麼多段關係時，我並沒有譴責自己內心的柔情。當我的一位女友厭倦了等待我們愛情的光輝勝利而提起退出時，並非是這股柔情使我行動。是我立刻前進一步，主動退讓，變得舌粲蓮花。我喚醒她們身上的溫柔情愫和甜蜜寬容，而自己卻僅感覺到表象，只不過爲了那個拒絕而有一點激動，也因爲可能失去愛情而心急不安。有時，眞的，我以爲自己確實感到了痛苦。然而，只要那個不順服的女人眞正走了，就足以使我輕而易舉地忘記她，正如同，相反地，她決定回頭的時候，我忘了她在我身旁一樣。不，當我面臨被拋棄的危險時，喚醒我的，不是愛，也不是寬心仁厚，而是希望被愛，希望得到那對我而言本該屬於我的東西。我一被愛上，我的愛情伴侶便再度被遺忘，而我則神采奕奕，狀態絕佳，變得討人喜歡。

況且，注意了，這感情，我一旦重新獲得，便感覺到它的重量。於是，在我惱火厭煩的時刻，我心裡就思忖著，理想的解決方案大概是，我感興趣的這個人死掉。當事人一死，一方面我們的關係終於可以確認下來，另一方面，她也能解脫束縛。可是，人不能希望所有人都死，極端而論，也不能爲了享受如果不這麼做便無法想像的自由，而滅絕地球上的人。我的同情心和我對人類的愛都反對這麼做。

當事事順遂，當我剛離開一個女人的床，總會對另一個女人更溫柔、更愉悅，而人們在讓我安寧的同時，又讓我來去自如的時候，在這一樁樁情史裡，我曾感受到的唯一深刻情感是感激，就好像我把剛在一個女人那兒欠下的債，擴展到所有其他女人身上。況且，無論我的感情表面上如何混亂，我所獲得的結果都是明確的——我把我所有的愛情維繫在自己周圍，以便任我隨意使用。

因此，我甚至承認，我能生活下去的唯一條件是，世界上任何地方，所有人，或者盡可能絕大多數，都轉向我，這些人永遠無人占有，沒有獨立的生活，隨時準備好回應我即刻的召喚，最終毫無結果也心甘情願，直到有一天，我屈尊俯就，賜予他們我的光輝。總而言之，爲了我的生活幸福，我選中的人必須不能生活。他們只該偶爾從我的好興致中求得生活。

啊！請相信，我在向您敘述這些時絲毫不感覺得意。當我想起那段時期，我要求一切，自己卻毫無付出，我動用過那麼多人爲我服務，在某種意義上，我把他們放置在冷藏庫裡，只爲了哪天能唾手取得，方便使用，當我想起這些的時候，眞不知道如何稱說心頭湧上的那股奇特感情。那不會是羞恥吧？告訴我，親愛的同鄉人，羞恥，它是不是有些灼燙呢？是吧？那麼，或許就是它，或者是那些關於榮譽的可笑情感中的一種。無論如何，我感覺，自從我在記憶深處發現那樁意外之後，這股情感就再也不曾離開我，儘管我一再離題，竭力杜撰，願您如今能公正看待那些杜撰，我卻不能再延宕不講它了。

瞧，雨停了！麻煩您送我回家吧。我好疲倦，奇怪，並不是因爲我話說太多了，只是因爲想到我還必須講出來的那件事。好吧！要描述我根本的發現，三言兩語就足夠了。況且，爲何要講更多呢？得拋開華美的詞藻，雕像才能原原本本地坦露出來。事情是這樣的。那一夜，是在十一月，在我以爲聽到背後有笑聲的那個晚上之前兩三年，我走上河左岸，經由皇家大橋返回住所。正値午夜一點，下著小雨，倒不如說是毛毛雨，行人因此稀稀落落。我才剛離開一位女友，此時她想必已經入睡。這一路上，我走得相當愉快，有點懶洋洋的，通體平靜，血液在體內和緩流動，有如飄落的細雨。在橋上，我從一個身影後方走過，那形影俯靠在欄杆上，似乎望著河水。走近些，我辨識出那是一個身材纖細的年輕女子，一身黑衣。在深色頭髮和外套衣領之間，只看見一截後頸，鮮嫩而濕潤，我對此是敏感的。然而，我猶豫了一下，又繼續往前走。到了橋盡頭，我踏上河堤大道，往聖米歇爾方向，我住在那一區。在我已經走了大約五十公尺時，忽然聽見一個身體落入水中的聲音，儘管離得遠，但在夜晚的寂靜之中，我感覺那聲音非常之大。我頓時停住，卻沒有回頭。幾乎同時，我聽見一聲呼喊，順流而下，重複了好幾次，接著倏然停止。夜色突然凝結了，我覺得那隨之而來的寂靜似乎永無止盡。我想跑，但沒有移動。我相信，我正因爲寒冷和驚恐而不住顫抖。我心想，應該趕快行動，我感覺有一股無法抗拒的虛弱占據我的全身。我忘了當時想過什麼。「太遲了，太遠了……」或者諸如此類的想法。我一直傾聽著，動也不動。然後，我冒著雨，小步離開。我沒有告訴任何人。

我們到了，這是我的房子，我的庇護所！明天？好，就照您的意思。我會很樂意帶您去麥爾肯島，您將看到須德海。十一點在墨西哥城見。什麼？那名女子嗎？啊！我不知道，眞的，我不知道。隔天和接下來的日子，我都沒讀報紙。

第3章

他活著，厭倦而乏味，如此而已，他像大多數人一樣，厭倦而乏味地過活。因此他憑空自創了一整部錯綜複雜、悲劇連連的人生。

一座極小的村莊，袖珍玩具似的，您不覺得嗎？景致倒是十分秀麗！不過，親愛的朋友，我帶您到這島上來並非爲了觀看風景。任何人都可以讓您欣賞那些女帽頭巾、木鞋、裝飾過的房屋，以及漁夫們在屋內木器蠟的氣味中抽上等菸草。相反地，我是少數能向您指出此地重要性的人。

我們到堤防了。得沿著海堤走，才能盡可能遠離這些太過優美的房子。我們坐下來吧，請。您覺得怎麼樣？喏，可不是嗎？最美的負面風景！您瞧，左邊這堆灰土，這裡人叫它沙丘，右邊是灰色的堤防，腳下是青灰色的沙灘，在我們面前，大海的顏色有如稀釋過的洗衣水，遼闊的天空反映著蒼白的海水。眞正是一個了無生氣的地獄！一切除了水平還是水平，沒有任何光彩，天地毫無顏色，生命已死。這難道不是普天下的消亡，觸目可及的虛無嗎？沒有人，尤其是沒有人！只有您和我，面對這片終於荒涼了的世界！天空有生命嗎？您說得對，親愛的朋友。它增厚，接著凹陷，打開一條條空氣階梯，闔上一扇扇雲霧大門。那是鴿子。您不曾察覺嗎，荷蘭的天空充斥著數以百計的鴿子，當牠們在高空飛翔時，是看不見蹤影的，牠們拍著翅膀，上升下降，動作一致，淺灰色羽毛布滿天空，稠稠密密，有如陣陣波浪隨風來去。鴿子在那高處等待，終年等待著。牠們在土地上方盤旋，張望，想往下飛。然而，除了大海、運河，以及覆蓋著招牌的屋頂之外，空無一物，沒有任何雕像頭顱可供棲息。

您不懂我想說什麼嗎？我承認我累了。我語無倫次，不再有朋友們樂於致敬的那種明晰思路。況且，我說朋友們，那是就原則而論。我已經沒有朋友了，我只有同謀。作爲補償，同謀的數量增加了，他們是人類。而在人類中，您是第一位。在場的始終都是第一位。我怎麼知道自己沒有朋友呢？很簡單——我有一天發現了這一點，那天，我想以自殺來和他們開個玩笑，也可說是想藉此懲罰他們。然而，懲罰誰呢？有幾個可能感到驚訝；卻沒有人感覺受懲罰。我明白了我沒有朋友。況且，即便有，事情也不見得好轉。如果我能自殺，之後又看見他們，那麼，是的，倒也不枉一死。然而，泥土是晦暗的，親愛的朋友，木頭厚實，裹屍布不透明。靈魂的眼睛，是的，當然了，如果有靈魂，如果它有眼睛！可是問題就出在，人們沒把握，人們從來就沒有把握。否則，便會有出路，便終於能夠讓他人認眞看待自己。唯有您死了，人們才會相信您有理，相信您的眞誠和您的痛苦有多深重。只要您還活著，您的情況就不明確，您就只得受他們懷疑。那麼，只要確信能夠觀賞那個場面，就值得向他們證明他們不願相信的東西，使他們驚訝。可是，您自殺了，他們相信您與否又有何干——您並不在那裡看見他們如何驚訝和悔恨，況且這悔恨短暫即逝，您也終將沒法依照每個人的心願來參加您自己的葬禮。爲了停止被懷疑，人必須停止存在，這千眞萬確。

再說，這樣不是更好嗎？他們的冷漠使我們太痛苦了。「你會爲我付出代價的！」一個女兒對她父親說，那父親阻止她和一名過分吹毛求疵的追求者結婚。女兒自殺了。但父親並沒有付出任何代價。他熱愛拋餌釣魚。三個星期日過後，他又回到河裡，說是爲了遺忘女兒的死。他估算得很準，他的確遺忘了。老實說，如果相反，那才教人驚訝哩！人們以爲，死，是爲了懲罰自己的妻子，卻反而還給了她自由。這種事最好不見爲妙。更何況還有可能聽見人們對您的行爲提出理由。關於我的，我已經聽到了：「他自殺，因爲他受不了了……」啊！親愛的朋友，人們的想像力實在貧乏。他們始終認爲，人爲了一個理由自殺。但是自殺完全可以有兩個理由。不，他們不懂這一點。那麼，自願死亡有什麼用呢？何必爲了想要給人關於自己的看法而犧牲呢？您一旦死去，他們便加以利用，來賦予您的行爲一些愚蠢或庸俗的動機。親愛的朋友，殉道者應該選擇被遺忘、被嘲笑或者被利用。至於被瞭解，絕不可能。

而且，讓我們直話直說吧，我愛生活，這是我眞正的弱點。我如此熱愛它，對於生活以外的一切，實在無絲毫想像力。這樣的渴切有一點庶民，您不覺得嗎？貴族想像自己時，總和自身以及自身的生活保持些許距離。人們在必須了結生命時死去，寧可決裂也不屈服。而我，我則屈服，因爲我愛自己從不間斷。欸，在我對您講過這一切之後，您認爲我怎麼了呢？厭惡我自己嗎？怎麼會，主要是別人厭惡我。當然，我知道我的過失，我對此感到遺憾。然而，我持續遺忘它們，這股頑強相當值得讚揚。相反地，對他人的訴訟卻不斷在我心中進行。這必定讓您感到不舒服吧？您也許認爲這不合邏輯吧？但問題並不在於合乎邏輯。問題在於從當中滑過去，尤其，哦！是的，尤其是，問題在於避開評判。我不說避開懲罰。因爲不經審判的懲罰是可以忍受的。何況，還有一個詞能保證我們的無辜——不幸。不，相反地，事關避開評判，避免一直遭受審判而從不宣布判決。

不過，逃避並非易事。現今，我們隨時都準備做出評判，正如同隨時都準備私通一樣。至於兩者過失不同，則無須擔心。如果您懷疑此事，我們那些仁慈的同胞八月裡到度假勝地的旅館治療煩悶，屆時請來此留心傾聽他們餐桌邊的交談。如果您還猶豫著無法下結論，那麼請讀一讀我們那些當代名流寫的文章。或者好好觀察一下您自己的家族，您就清楚了。我親愛的朋友，讓我們別給他們藉口來評判我們，無論如何都不行！否則，我們就將粉身碎骨。我們被迫要和馴獸師一樣謹愼。假使他在進獸籠子之前，不幸用剃刀割傷自己，那麼對於那些野獸會是多麼美味的饗宴啊！那天，就在我懷疑起或許自己並不是那麼値得讚賞時，我頓悟了這一點。從此以後，我變得疑心重重。既然我已經流了一點血，便會賠上全身的血——他們將呑噬我。

我和同時代人的關係表面上也是如此，但變得微妙地不協調。我的朋友們沒有變。他們一有機會，總是誇讚在我身邊所感到的和諧與安全。而我卻只感覺內在不協調，充滿混亂；我覺得自己有弱點，而且暴露在公眾的控訴下。我的同類在我眼中，不再是我習以爲常的恭敬聽眾。以我爲中心的圓圈斷裂了，他們排成一列，如同在法庭上。自從我憂心自己身上有可被評判之處起，我終於明瞭，在他們身上有著不可抗拒的審判傾向。是的，他們在那裡，像往常一樣，但他們在笑。或者不如說，我遇見的每個人都看著我暗自竊笑。那段時期，我甚至覺得人們就像鉤腳把人絆倒那樣，在使陰謀算計我。事實上，有兩三次，在進入公共場所時，我竟無緣無故地踉蹌了一下。有一回，我甚至跌倒在地。身爲崇尚笛卡兒主義的法國人，我很快恢復鎮定，並將這些意外歸因於唯一合理的神意，我說的是偶然性。那又怎樣呢，我仍舊疑心重重。

我的警覺心既被喚醒，便不難發現自己有敵人。首先是在我的職業裡，其次是在我的社交生活裡。對一些人而言，我曾有恩於他們。對其他人而言，我原本該施惠給他們。總之，這一切合乎常理，我發現了並不感到太難過。對我更困難、讓我更痛苦的，反而是，承認我在一些幾乎或根本不認識的人當中有敵人。在我給過您的幾個實例中，我一直抱持著純眞之情，我以爲，這些我不認識的人，如果和我有往來，將不由自主地喜歡我。其實不然！我尤其在那些僅遠遠見過我、而我自己並不認識的人當中，遭遇敵意。他們大概懷疑我過得很充實，自由恣意地沉浸在幸福裡——而這是不可原諒的。成功的神態，當它以某種方式表現出來時，會使驢子發怒。另一方面，我的生活行程滿檔，由於沒有時間，我婉拒了不少攀附逢迎。之後，出於同樣的理由，我忘記了我的回絕。但是，這些逢迎是由生活並不充實的人所爲，而他們基於此同一理由，記住了我的回絕。

就這樣，單單舉一個例子吧——女人到頭來讓我付出了高昂的代價。我在女人身上花費的時間，我不可能給男人，而後者並不總是原諒我這一點。怎麼解決呢？唯有您大方同意和他們分享，人們才會諒解您的幸福和成功。然而，想快樂幸福，就不該太顧及他人。如此一來，出路就被封閉了。或者幸福而被評判，或者免罪而悲慘。至於我，遭受的不公平更是嚴重——我因爲過往的幸福而被判罪。我曾經長期生活在普遍和諧的錯覺中，滿面春風，漫不經心，來自各方的評判、攻擊和嘲諷到我身上就消融了。而自從我有警覺的那天起，我清醒了。所有創傷同時齊集，我遍體鱗傷，一下子喪失了力量。於是，全天下的人都在我周遭開始嘲笑我。

這是任何人（除卻那些沒在生活的人，我想說的其實是智者）都無法忍受的。唯一的抵禦之道存在於邪惡之中。於是，人們爲了自身不被評判，便趕緊匆忙去評判別人。能怎麼辦呢？人類最自然的想法，天眞地浮現的、有如來自本性深處的想法就是，他自己的無辜。就這個觀點而言，我們全都如同那名小法國人，他在布亨瓦德[1]執意向謄寫人遞交一份申訴，這名登錄了他到來的謄寫人，本身也是囚犯。申訴？謄寫人和他的同伴們笑了：「沒用的，老兄，這裡的人不提申訴。」「您瞧，先生，」小法國人說，「那是因爲我的情況特殊。我是無辜的！」

我們所有人的情況都特殊。我們都有一些事情需要申訴！每個人都聲稱自己無辜，而且不惜一切代價，甚至爲此必須指控人類和上天也在所不惜。您誇獎一個人因爲付出種種努力而變得聰明或仁慈，對方並不會太高興。反之，如果您讚賞他天生慷慨仁慈，他將心花怒放。相反地，如果您告訴一名罪犯，讓他犯罪的既非他的天性，也不是他的性格，而是悲慘的環境，他將熱烈地感激您。在辯護中，他甚至會選擇此一時刻哭泣。然而，正直和聰明並沒有與生俱來的價值。正如同出於天性犯罪，必定不會比出於環境犯罪，負上更多的責任。可是，這些無賴想獲得赦免，意即不承擔責任，於是恬不知恥地拿先天性情當理由，或以後天環境爲藉口來替自己辯護，儘管兩者是相互矛盾的。重點在於他們是無辜的，他們的品德，天生就具備，所以不可受質疑，他們的過失，乃出於瞬息的厄運，因此永遠是暫時的。我曾對您說，事關避開評判。由

① 布亨瓦德（Buchenwald）：指第二次世界大戰期間，納粹在威瑪附近建立的布亨瓦德集中營，為德國境內最大的勞動集中營，監禁的囚犯當中，除了猶太人，還有政治犯、罪犯、宗教人士、同性戀和戰俘等等。

於難以避開，難以同時讚賞並寬恕它的本質，人們便力求致富。爲什麼？您問過自己嗎？爲了權力，當然啦。但尤其是因爲財富能使人免於立刻受到評判，它將您從地鐵人潮中拉出來，關進鍍鎳的汽車裡，把您隔離在有警衛看守的大花園裡，在臥鋪車廂裡，在豪華的座艙中。親愛的朋友，財富仍不是無罪釋放，但已是緩刑，得到它總是好的……

尤其，當您的朋友要求您眞誠以待的時候，請不要相信他們。他們只是希望您讓他們保有他們自以爲的那個好形象，並且額外提供他們一份確切性，這份確切性，他們將從您對眞誠的允諾中汲取。眞誠，怎麼會是友誼的一個條件呢？不惜代價追求眞相的愛好是一股狂熱，它不放過任何東西，也沒有什麼東西抵抗得了它。那是一種罪惡，有時是舒適，或者是自私。因此，如果您處在這個情況裡，別猶豫——承諾說眞話，但盡可能好好圓謊。您將回應他們內心深處的期待，還將加倍向他們證明您的友情。

實情無疑是，我們很少信任那些比我們好的人。我們倒寧可避免與他們爲件。相反地，我們最常對那些與我們相似、而且和我們有相同弱點的人吐露心聲。所以，我們並不希望改正缺點，也不希望變得更好——那我們或許首先應該被判定有過失。我們只希望在我們的道路上被同情，被鼓勵。歸根究柢，我們想要不再有罪，同時又不去努力淨化自己。不夠厚顏無恥，也不夠良善有德。我們既無力作惡，也無力行善。您曉得但丁嗎？眞的？見鬼了。那麼，您知道，但丁承認在上帝和撒旦的爭執中，存在著中立的天使。他把他們安置於不確定的幽冥地帶，類似他的地獄前庭。親愛的朋友，我們就在這個前庭裡。

耐心？您說的也許沒錯。我們應該要有耐心，等待最後的審判。可是，您看，我們很急。急得我不得不當起法官——懺悔者。然而，我必須首先與我的那些發現步調一致，與我同時代人的笑好好地做個了斷。從我被召喚的那個晚上起，因爲我確實被召喚了，所以我不得不回答，或者至少得要尋求答案。這不容易；我遊蕩了好久。首先，這抹滅不了的笑和笑的人必須教會我把自己看得更清楚，最終教我發現我並非純一的。別笑，此一事實不如它顯現得那般原始。人們把那些在其他事實以前發現的事實稱作原始事實，如此而已。

無論如何，經過對自己的長期研究之後，我把人類深層的雙重性公諸於世。我一次次在記憶中搜索，因而瞭解，虛心助我閃亮出眾，謙卑援我克敵制勝，德行幫我要脅壓迫。我以和平的方式進行戰爭，最後以無私的手段獲得我覬覦的一切。例如，我從不抱怨他人忘記我的生日；人們甚至帶著幾分欽佩訝異於我在這件事上的默不張揚。然而，我無私心的理由卻掩在更不引人注目的意圖下——我希望被遺忘，以便能自怨自艾。在這個我熟悉的、最引以爲傲的日期之一，幾天前，我就戒備著，小心不洩露任何線索給那些我指望他們能錯過的人，免得引起注意，喚醒他們的記憶（我有一天不就企圖在居家日曆上造假了嗎），我既然好好顯現了孤獨，便可以沉浸在一種剛強而憂鬱的魅力中。

因此，我所有德行的正面，就有了一個較不威嚴的背面。從另一種意義來說，我的缺點眞的轉而對我有利。譬如，我被迫掩蓋自己生活的罪惡部分，這使我表現出一副冷淡的模樣，而人們卻將它混同爲具備德行的神態；我的漠不關心使我受人喜愛，我的自私在我的慷慨大度中達到頂點。就此打住吧——太多對稱會損及我的論證。但總而言之，我有一副鐵石心腸，卻從來沒能拒絕奉送上來的一杯酒或一個女人！我被視爲活躍積極，精力充沛，我的王國是床。我高調宣揚我的忠實可靠，但我認爲，沒有一個我愛過的人，是我最終不曾背叛的。當然，我那些背叛行徑並不妨礙我的忠誠，我由於一再怠惰而完成了一項繁重的工作，我由於發現樂趣而不斷地幫助我的鄰人。但是，我徒然反覆講述著這些明顯的事實，僅不過從中獲得了些許淺薄的慰藉。某些早晨，我徹底審視我這件辯護案，得出了結論，我尤其擅長於輕蔑。那些我最常幫助的人，正是最被我輕蔑的人。我謙恭有禮，滿懷友善的激動心情，每天朝所有盲人的臉吐口水。

坦白說，這有辯解的理由嗎？是有一個，不過它太卑劣了，我不能考慮運用它。無論如何，理由就是——我從來無法發自內在地深信人類的事務是嚴肅的。嚴肅在哪裡呢，我一無所知，我只覺得它不存在於我看到的任何事物中，所有我看到的事都像一種遊戲，令人感到有趣或煩擾的遊戲。有些努力和信念確實是我永遠無法理解的。我始終抱持一種驚訝和有一點疑惑的態度，看待這些奇怪的人物，他們爲了金錢而死，因喪失了某「地位」而絕望，或者大義凜然地爲了家族的興盛而犧牲自己。我反倒更瞭解那位朋友，他率先戒菸，也憑著意志成功了。有一天早上，他打開報紙，讀到第一顆氫彈已經爆炸，並且得知它驚人的威力後，便毫不延遲地走進了一家香菸店。

無疑地，我有時會假裝嚴肅看待生活。但是，嚴肅本身的虛浮空洞很快便顯現了出來，我僅只是盡己所能地扮演自己的角色。我假裝能幹、聰明、品德高尚、具公民意識、憤慨、寬容、同舟共濟、以身作則……我不說了，簡言之，您已經明白，我就像那些荷蘭人一樣，既在那兒又不在那兒——我不在場，卻同時也占據最大的位置。唯有運動時，以及在軍中，當我在爲了娛樂而演出的戲劇裡扮演角色時，我才實實在在是眞誠而熱情的。在兩種情況裡，都有一套遊戲規則，它並不嚴肅，人們爲了好玩而把它看作是嚴肅的。現在依然如此，週日賽事，在一個觀眾爆滿的運動場，還有那座我以無比熱情鍾愛的劇院，皆是世上僅有的，讓我感覺自己清白無罪的地方。

然而，當涉及愛、死亡和窮苦人的薪資時，誰會承認這樣的一種態度是合理的呢？但是，怎麼辦？我只有在小說裡或舞臺上才想像得出伊索德②的愛情。我覺得瀕臨死亡的人有時候是深入到他們的角色裡了。在我看來，我那些窮客戶們的辯解始終出自同一份草稿。自此，我處在人群之中，卻因爲不贊同他們得到的利益，而無法相信自己所擔負的職責。我彬彬有禮，散漫怠惰，倒也足以回應了他們在職業、家庭或公民生活中對我的期待，可是，每次，卻都因爲某種心不在焉，最終把一切搞砸了。我在雙重情況下度過了我所有的生活，我最重大的行動經常是那些我投入最少的行動。總之，我不能原諒自己的，讓我更添愚蠢的，難道不就是這個嗎？不正是這個，使我極端劇烈地抗拒，那正在我身上和周遭運作、且迫使我尋求出路的評判嗎？

有段時期，我的生活表面上一如往常，彷彿毫無變化。我依循著軌道行進。就像誰有意作弄似地，周遭對我的頌揚倍增。而災難恰恰來自於此。您記住——「當所有的人都說您的好話時，您就遭殃了！」啊！這個人說的眞是至理名言！我遭殃了！機器開始無來由地停停走走，反覆無常。

就在此時，死亡的念頭闖入我的日常生活。我計算著距離生命盡頭的時間。我尋找一些和我同年齡且已經過世的人當範例。沒有時間完成任務的想法讓我苦惱不安。什麼任務呢？我一無所知。坦白說，我的所作所爲值得繼續嗎？然而，並不確切是這個。事實上，一股可笑的恐懼與我如影隨形——人，不能沒有招供自己的所有謊言就死了。不是向上帝招認，也不是向祂的代表，我超乎其上，您清楚知道這點。不，是向人招認，好比向一位朋友，或者向一個心愛的女人。否則，即便一生中只獨獨隱藏一個謊言，死亡也使它再無改變的可能。既然唯一知曉它的人正是在這樁祕密上長眠的死者，就再沒有人知

②伊索德（Yseult）：歐洲中世紀傳說故事《崔斯坦與伊索德》（Tristan et Yseult）的女主角，一名為愛所苦的女人，終其一生都在對情人（崔斯坦）的熱愛與對丈夫的忠誠之間掙扎。

道事情的眞相了。這種對眞相的謀殺讓我頭暈目眩。今日，附帶一提，它毋寧給予了我一些微妙的樂趣。例如，想著唯獨我一人知道所有人探詢的事，想著我家裡有件東西讓三處警察徒勞無功地奔走，著實妙不可喻。不過，不談這個了。當時，我並沒有找到解方，我痛苦煎熬著。

當然，我打起了精神。在世世代代的歷史中，一個人的謊言算什麼！一則微不足道的欺騙在時間的大洋裡猶如滄海一粟，企圖將它帶入眞相的光明裡，這又是多大的奢望啊！我還想到，軀體的死亡，若依據我所見過的來判斷，其本身就是足夠的懲罰了，它赦免一切。人們經過臨終的汗水而得救（意即權利徹底消失了）。儘管如此，苦惱還是日益加劇，死亡在我的枕邊徘徊不去，與我一同起床，讚美之詞變得越來越難以忍受。我感覺謊言似乎隨著讚辭增長，增長得如此過度，我將永遠無法了結這筆帳。

我受不了的那一天來臨。我的第一個反應是混亂的。既然我是愛說謊的人，我就要把這一點公諸於世，甚至在那些蠢蛋發現之前，把我的雙重性朝他們的臉扔去。我被挑釁要求坦誠以對，我便將回應這項挑戰。爲了面對嘲笑，我設想自己投身在一般普遍的譏諷中。總而言之，問題仍在於避開評判。我想讓笑我的人站在我這邊，或至少，讓自己站到他們那邊。例如，我打算在街上推撞盲人，我在為此隱隱感到出乎意料的喜悅之餘，這才發現我有一部分的靈魂憎恨他們到了什麼樣的程度；我還計畫扎破殘障者小車的輪胎，到工人們工作的鷹架下方大喊「骯髒的窮鬼」，在地鐵裡摑小嬰兒們耳光。這一切我全都設想了，卻一件也沒做，或者，如果我做過某件類似的事，我也不記得了。不過，正是正義這個詞引發了我不可理解的狂怒。我無可避免地繼續在我的辯護中使用這個詞。然而，我藉由公然咒罵人類思想來發洩憤恨；我宣稱發表一份聲明，揭露受壓迫者對正派人士的壓迫。有一天，我在一家餐廳的露天座上吃龍蝦，一名乞丐上前糾纏，我召喚老闆趕走他，還對這位伸張正義者的那段話大力鼓掌：「您打擾人家了。」他說：「您好歹也設身處地為這些先生女士想想！」我還對任何願意聽的人說，我很遺憾，再也不可能像個性令我欣賞的一位俄羅斯大地主那樣行動了——這位地主叫人同時鞭打朝他敬禮和不朝他敬禮的農民，藉以懲罰他認為在兩種情況中都同樣厚顏無恥的放肆。

而且，我還記得更嚴重的逾矩行徑。我開始撰寫〈獻給警察的謳歌〉和〈鍘刀光榮頌〉。尤其是，我規定自己定期造訪專門的咖啡館，那兒聚集著我們職業裡的人文主義者。我的良好經歷使我自然而然受到歡迎。在那裡，我若無其事地脫口說出一句粗話：「感謝上帝！」或者更簡單，我說：「我的上帝啊……」您知道，我們餐酒館的無神論者是多麼怯懦的領聖體者。我說完那荒謬的金句後，隨之而來的是一片驚愕，他們你看我，我看你，全都愣住了，隨即一陣騷亂，有些人從咖啡館奪門而出，另一些人則什麼也不聽，只激憤地唸唸有詞，所有人都痙攣似地扭曲著身體，好像被淋了聖水的魔鬼。

您大概認爲這麼做是幼稚的。然而，這些玩笑也許有一個較爲嚴肅的理由。我想要擾亂遊戲，尤其是，沒錯，摧毀那恭維人的聲譽，一想到它就讓我火冒三丈。「一位像您這樣的人士……」人們殷勤地對我說，而我則一臉慘白。我再也不想要他們的尊重，因爲它不是普遍的，既然我不能與人分享，它又怎麼會是普遍的呢？那麼，最好是替這一切評判和尊重，覆蓋上一件滑稽可笑的外衣。我無論如何都要釋放這令我窒息的情感。爲了把肚子裡的東西攤開在眾目睽睽之下，我願意打碎我到處展現的那具美好的模型假人。我於是回想起我在年輕實習律師面前有過的一次談話。介紹我出場的首席律師那過度浮誇的讚美之詞令我惱火，我的耐心沒撐多久。我懷著人們所期待我的、且我毫無困難就能依約交差的那種狂熱和激動，開講了。不過，我突然轉而推薦大雜燴作爲辯護方法。我說，這並不是經由現代宗教裁決所改良過的大雜燴，這些裁決所的法官既審判竊賊也審判老實人，還拿前者的罪行來壓垮後者。相反地，是藉由強調老實人的罪過來替竊賊辯護，此老實人指的是律師。關於這一點，我表達得十分清楚：

「讓我們假設，我答應爲某個令人憐憫的公民辯護，此人因爲嫉妒犯下謀殺罪。我會說，法官先生們，當人們眼見自己天性的良善受性欲之邪惡考驗時，請考慮在這種憤怒下犯罪的可原諒之處。相反地，身處欄杆的這一方，在我自己的位子上，從來不曾善良，也從未受過被欺騙之苦，不是更嚴重嗎？我是自由的，免於受諸位嚴格的審判，然而我是誰呢？就驕傲而論，我是太陽公民，一個縱欲的猥褻狂，一個怒火中燒的法老，一個懶惰之王。我沒有殺過人嗎？當然還沒有！但是，我難道不曾任由幾位值得稱許的人士死去嗎？或許有。或許我隨時準備要重來一次。而這個人，請看看他，他不會再犯。他還因爲曾經把工作做得那麼好而驚訝不已呢。」

這番言論讓我那些年輕的同事有些不安。片刻之後，他們決定付之一笑。

當我做出結論時，辯才無礙地援引了人類及其預設的權利，他們便全然放心了。這一天，習慣勝過了一切。

我重複著這些可愛的偏差言行，卻僅僅使輿論感到有一點無所適從。並無法卸除輿論的武裝，尤其無法卸除我的武裝。我通常在聽眾之中遭遇訝異之情，他們那略帶遲疑的爲難，與您此時表現出來的模樣相當類似——不，別抗議，這些沒有帶給我絲毫平靜。您看，要證明自己的無辜，光認罪是不夠的，否則，我就會是一隻純潔的羔羊。必須以某種方式來認罪，這方式花了我許多時間才設定出來，在我處於全然的放棄之前，並未發現它。直到那個時候，笑聲都還持續在我周圍迴蕩，我混亂的努力並不能除去其中善意的、幾近親切，卻令我難受的部分。

大海似乎漲潮了。我們搭的船很快就要啓航，白日將盡。看呀，鴿子群聚在高空。牠們擠在一起，幾乎不動，而天色暗下來了。您可否願意，我們保持緘默來品味這相當陰沉的時刻呢？不，您對我感興趣？您眞誠實。再說，我現在恐怕要讓您眞正感興趣了。在說明有關法官——懺悔者的見解之前，我需要跟您談談放蕩荒淫和活受罪。

第4章

正如許多人一樣，我們再也忍受不了沒沒無聞，
這股焦躁在某種程度上帶領我們走向令人遺憾的極端。

您錯了，親愛的，船行駛得又快又好。須德海是一片死海，或者幾乎是死海。它的海岸平坦，消失在霧中，不知始於何方，止於何處。因此我們在行進中沒有任何參照標的，無法估算速度。我們前進，一切毫無變化。這不是航行，而是夢境。

在希臘群島，我的印象則相反。新的島嶼不斷出現在海平面周邊。島上那草木不生的山脊畫出天際所在，岩石磊磊的海岸清楚地呈現在海上。無絲毫混淆；在明晰的光線中，一切都可以是參照點。島嶼一座又一座不停掠過，在我們其實行速緩慢的小船上，我卻感覺像置身在一場泡沫四濺、笑聲不絕的航程中，夜以繼日地在短促清涼的浪峰跳躍。從這時候起，希臘就在我身上的某處漂移，在我的記憶邊緣，不知疲倦地……呃！這會兒，我也漂移了，我變得情感洋溢！制止我吧，親愛的，我請求您。

對了，您可瞭解希臘？不瞭解嗎？太好啦！我請問您，我們去那兒做什麼呢？在那兒得要有純潔的心靈。您知道嗎，那裡，男性友人在街上散步，雙雙對對，手牽著手。是啊，女人們待在家裡，僅見到一些成熟的男性，體面的，留著小鬍子，和他的男性友人手指相扣，在人行道上莊嚴地大步行走。在東方，有時也這樣？好吧。但是，告訴我，在巴黎街上，您會牽著我的手嗎？哈！我開玩笑。我們舉止端正有禮，我們呀，汙垢讓我們僵化做作。在前往希臘島嶼之前，我們得要好好清洗一番。那裡的空氣貞純，大海如許歡樂清朗。而我們……

讓我們在這些帆布躺椅上坐坐。好大的霧！我想，當時我正走向活受罪的地牢。是的，我將告訴您那是什麼。我歷經了掙扎，在耗盡肆無忌憚的派頭之後，努力無效使我灰心喪氣，我決定離開人類社會。不，不，我沒有尋找荒島，那已經不存在了。我僅僅是躲到女人身邊避難。您知道的，她們眞的不譴責任何弱點——反倒是企圖挫損或解除我們的戰鬥力。這就是何以女人不是戰士的獎勵，卻是罪犯的獎賞。她是他的避風港，他的落腳處，罪犯通常是在女人的床上被捕的。女人不正是伊甸樂園留給我們的唯一物件嗎？我倉皇無措，朝我的天然港口奔去。我不再大放厥詞。習慣使然，我依舊演了一點戲；然而，早已窮於杜撰。我猶豫著是否承認，就怕還爆出一些粗話——我眞的覺得，在那段時期裡，我需要愛情。下流，不是嗎？無論怎麼樣，我隱隱感覺到一股痛苦，一種令我更空虛的匱乏，使我半被迫、又半好奇地應允了一些承諾。既然我需要愛與被愛，我便相信自己戀愛了。換句話說，我裝傻。

我驚訝地發現自己經常問這麼一個問題，那是經驗老道的我之前始終迴避的。我想問：「你愛我嗎？」您知道，在這種情況下，按慣例該回答：「那你呢？」如果我回答「是」，我做的承諾已超出了我的眞實情感。如果我膽敢說「不」，我極可能不再被愛，並因此受苦。我曾經期望從感情中得到休息，而那份感情越是受威脅，我越是向對方索求。我因之許下越來越明確的諾言，終至強求我的心付出越來越龐大的感情。就這樣，我對一個討人喜歡的笨女人產生了一種假想的愛情，這女人熟讀言情雜誌，談起愛情頭頭是道，而且像一個知識分子宣布無階級社會那樣有自信。這份信心，您想必知道，是具感染力的。我也試著風花雪月，後來竟連自己也深信不疑。至少，直到她成爲我的情婦，直到我理解言情雜誌教人談情說愛，卻沒有教人如何行動爲止。我愛上了一隻鸚鵡，卻得和一條蛇上床。所以，我到別處尋找書本上才有、而我從未在生活中遭遇過的愛情。

但我缺乏訓練。我不愛他人，獨愛自己已經三十多年了。如何冀望丟掉這樣一個習慣呢？我並沒有丟掉它，對於愛情我依舊是個只想不做的人。我增加了允諾。我同時進行幾段愛情，就如同過去我同時保有許多關係一樣。相較於那段全然冷漠的時期，此時的我聚積了更多的不幸，此乃對於別人而言。我對您提過嗎？我的鸚鵡絕望之餘，想要絕食自殺。幸好我及時趕到，委曲求全地握住她的手，直到她遇見了從峇里島旅行歸來、雙鬢灰白的工程師，那是她最愛的週刊老早向她描述過的人。不管怎麼樣，我非但沒有在所謂的永恆愛情裡感到心蕩神馳，並且獲得寬恕，還加重了我的錯誤，而且更加迷失方向。我由此對愛情心懷厭惡，有好幾年，每當聽到「玫瑰人生」或「以死相許的伊索德」便恨得咬牙切齒。我於是嘗試以某種方式放棄女人，在守貞的狀態下生活。畢竟，她們的友誼對我來說應該足夠了。可是，這麼做等同於放棄了演戲。脫離欲望的場域，女人讓我厭煩得無以復加，而且顯然我也令她們厭煩。沒有戲，沒有劇場，我無疑處在眞相裡。然而，親愛的朋友，眞相是非常令人厭倦的。

我對愛情和貞潔感到失望，終於想起了放蕩荒淫，剩下它恰恰可以取代愛情，使那些訕笑噤聲，帶回寧靜，尤其是，它可以讓人永生。深夜，清醒地陶醉至某種程度，躺在兩個女孩之間，宣洩了所有的欲望，期待不再是折磨，您看，精神無時不在，生之痛苦永不復返。就某種意義而言，我一直生活在放蕩中，從未停止永生不死的願望。這不就是我深層的天性，也是我向您提過的，我對自己之偉大熱愛的一項證明嗎？是的，我想要永生，想得要命。我太愛自己了，以至於希望我寶貴的愛情對象永不消失。由於在警醒狀態下的人們，只要稍有自覺，便不可能想出正當理由把永生不死授予給一隻好色的猴子，因此必須給自己找替代品。因爲我希望永久活著，所以我和妓女上床，夜夜通宵狂飲。早晨，當然，我嘴裡有一股終須一死的苦澀味道。然而，我曾經長時間翱翔，非常快樂。我敢向您承認嗎？我依然溫柔地想起那些夜晚，我去一個低級夜總會找一位脫衣舞孃，受她青睞讓我感到榮幸，有一晚，我甚至還爲了她和一個愛吹牛的小鮑魚大打出手。我每個夜晚都在櫃檯前大肆炫耀，在這處樂園的紅色光線和塵埃裡，厚顏無恥地撒謊，並長時間地飲酒。我等待著黎明，最終擱淺在我的公主那始終凌亂不整的床上，她機械般地縱情享樂，然後逕自睡去。白日緩緩照亮這場災難，我起床，動也不動地呆坐在一片光輝燦爛的早晨裡。

讓我們承認吧，酒精和女人提供了我唯一配得上的慰藉。我向您吐露此祕密，親愛的朋友，請別害怕去使用它。屆時您將看到眞正的荒淫放蕩是一種解放，因爲它不產生任何義務。人們在其中只擁有自己，它因此成爲偉大自戀者最喜愛的事情。它是一座叢林，既無過去也無未來，尤其沒有許諾，也沒有即刻的懲罰。它在與群眾隔離的場所進行。人們進入時把害怕和希望都拋諸門外。在那裡，談話不是必要的；人們來此尋求的，不用言語便能得到，是的，甚至經常也不需花錢。啊！請您讓我，對於當時幫助過我的那些陌生和被遺忘的女人，致上一份特別的敬意。今日，在我對她們的回憶裡，依然摻雜著某些類似尊敬的東西。

總之，我恣意地使用這種自由。人們甚至看見我在一個旅館裡，沉溺於所謂的罪孽之中，同時與一名熟齡妓女和一位上流社會的年輕女孩一起生活。我在前者身邊扮演獻殷勤的男伴，讓後者見識了一些現實。不幸，那妓女有強烈的資產階級天性——她在那之後，同意爲一家對於現代思想非常開放的教派報刊，撰寫回憶錄。至於年輕女孩則結婚了，爲的是滿足她那不受拘束的本能，並施展她卓越的天賦。在那個年代，一個屢遭汙衊的男性社團視我爲同等人接納了我，我如今對此亦不無自豪。這方面我就不多談了——您知道，即使是那些非常聰明的人也會因爲能比鄰座多喝光一瓶酒而深感光榮。我原本終於可以在這消耗放縱的愉悅中得到平靜和解脫。但是，我在那兒又碰到了自身的障礙。這次是我的肝臟出了問題，一股疲倦，如此頑強，至今還纏著我。人們假裝長生不死，幾個星期之後，甚至不知道是否能苟延殘喘直到第二天。

當我放棄了自己那些夜間的豐功偉業時，這個經驗的唯一好處是，生活對我而言較不痛苦了。啃嚙我身體的疲倦，同時腐蝕了我內在的許多活力點。每個過度的行爲都在削弱生命力，因此也減輕了痛苦。不同於人們所認爲的，放蕩縱欲一點也不狂熱。它只不過是長長地睡一覺。您應該注意到了，那些真正爲嫉妒所苦的男人最急切想做的事，無非是和被認爲背叛了他們的女人上床。當然，他們想要再一次確認他們珍愛的寶貝始終屬於自己。正如人們所言，他們想占有這個寶貝。然而，也就是上床之後，他們旋即不那麼嫉妒了。肉體的嫉妒是想像的結果，同時也是人們對自己的評判。人們把自己在相同情境裡有過的醜惡思想歸到對手身上。所幸，過度的享樂削弱了想像和評判。痛苦和男性氣概一同睡去，而且兩者睡得一樣長。同樣的理由，青少年和他們最初的情婦在一起便不再懷有先天上的不安了，而某些婚姻其實是行政權力所授予的放蕩，也同時成爲大膽放肆和謊言手段的單調靈柩車。是的，親愛的朋友，資產階級的婚姻使我們國家懶散而隨便，很快就屆臨死亡之門。

我誇大其辭嗎？不，但我離題了。我只是想告訴您我從這幾個月的豪飲狂歡中所得到的益處。我生活在一種迷霧裡，笑聲逐漸喑啞，終至再也感知不到。早在占據著我內心這般分量的冷漠不再遭遇抵抗時，它便擴大了自己的僵化。激動不再！脾氣平穩如一，或者不如說毫無脾氣。患有結核病的肺乾枯而痊癒了，卻也使那幸運的宿主逐漸窒息。我亦如此，平靜地死於痊癒。儘管我的聲譽因爲我的言詞偏差而大大受損，失序的生活也擾亂了我正常地執行工作，我仍舊以我的職業爲生。然而，有趣的是，我留意到，人們對於我夜間的過度放縱比起對於我那些挑唆的言論，責難來得更少。有時我在辯護詞裡提到上帝，這類純粹出於口頭上的援引卻使我的客戶們心生不信任。他們無疑是擔憂，上天無法像一名在法條上無懈可擊的律師那樣，照管他們的利益。由此乃至於做出結論，論定我在無知時便乞求於神明，僅一步之遙。我的客戶們跨了這一步，越來越少上門。偶爾，我還是替人辯護。有時只要我忘了自己所不相信自己說的話，甚至就能辯護得很好。我自己的聲音牽引我，我跟隨著它；不像以前那樣眞正地翱翔，我僅稍稍高於地面，掠地飛行。最後，在我的職業之外，我鮮少見人，得過且過地維持著一兩樁疲乏的關係。我甚至時而度過沒有情欲成分的純友誼夜晚，或者情況略有出入，我強忍厭煩，幾乎不聽別人對我說的話。我胖了一點，終於能相信危機結束了。剩下的不外乎老去。

然而有一天，我邀一位女性友人一起旅行，我並沒有告訴她，我這麼做是爲了慶祝我的痊癒，那天我正在一艘橫渡大西洋的客輪上，自然是位於最上層甲板。突然，我瞥見大海鐵青色的洋面上有一個黑點，我立即轉移目光，心開始撲咚撲咚跳。當我逼著自己凝視時，那黑點卻不見了。我正要叫喊，愚蠢地呼救，這時我再度看見它。那是輪船駛過後，留下的一塊碎屑。然而，我無法忍受多望它一眼，它讓我立刻想到了一名溺水者。於是，如同人們遷就於一個早已知道其中眞相的想法那般，我順從地明瞭了，幾年前，在我後方，在塞納河上迴蕩的那聲尖叫，被河流帶往海峽，越過海洋無邊無際的水面，不停地在世界上巡行，它在等著我，直到這一天我遇見它。我也明白了，它將繼續在那些海域和河流上等著我，總之，在我苦澀地受洗聖水所在的任何地方等著我。而此處，請告訴我，我們不就在水上嗎？不就在平的、單調的、無止境的邊際，和大地邊際合一的水上嗎？怎麼能相信我們即將抵達阿姆斯特丹呢？我們永遠也出不了這個遼闊的聖水缸。您聽！您難道沒有聽見那些不見蹤影的海鷗叫聲嗎？如果牠們朝我們叫，又呼喚著要我們去做什麼呢？

然而，那一天，同樣是海鷗在叫，牠們早已在大西洋上呼喚，就在那一天，我終於徹底瞭解我並沒有痊癒，我始終卡在原地動彈不得，我必須適應這個處境。光輝榮耀的日子結束了，不過，憤怒和驚悸也結束了。得屈服和認罪。不得不在活受罪的地牢裡過活。確實，您不知道那種地下牢房，中世紀時人們稱此爲活受罪。通常，您在裡頭就終生被遺忘了。這種牢房有別於其他牢房，它的尺寸精巧，高度不足以讓人站立，寬度也不足以讓人躺臥。必須採取局促姿勢，將身體呈對角傾斜來生活；睡著了跌落，警醒時屈蹲。親愛的，發明如此簡單的東西，要有天才，這話，我可是字斟句酌。每天，藉由這使身體關節僵化、永遠不變的束縛，受刑人明白了他是有罪的，而清白無罪便在於快活地伸展四肢。您能想像一個習於身處頂峰和上層甲板的人囚禁在這樣的牢房裡嗎？什麼？人，可以生活在這些牢房裡而且無罪？不大可能，可能性微乎其微！否則，我的推論就瓦解了。讓無罪淪爲駝背生活吧，我一秒鐘也不會考慮這個假設。況且，我們無法肯定任何人無辜，卻能堅定斷言所有人都有罪。每個人都是他人罪行的見證，這就是我的信念，我的期望。

相信我，宗教在以德勸世和宣告戒律的當下就錯了。對於判定有罪和懲罰而言，上帝皆非必要。我們的同類，在我們自己的協助下，就足夠完成這些事了。您提到的最後審判[1]。請容我恭恭敬敬地置之一笑。我正毫不畏懼地等著——我見過更可怕的，那是人類的審判。對他們來說，沒有可酌量減輕罪行的情節，甚至良好的意圖也被視爲罪惡。您至少聽說過痰液牢房吧？是某個民族不久前想像出來的，只爲了證明他們是世上最偉大的族群。那是一座磚石砌成的盒子，囚犯在裡頭挺直站著，但無法移動。一扇高度及下巴的門把他關在那水泥殼子裡。這麼一來，人們只看得見他的臉，每個經過的守衛都在他臉上大口吐痰。囚犯卡在牢房中，不能擦拭臉上的唾液，不過，倒是眞的允許他閉眼睛。嘿，這個呀，親愛的，這是人類的一件發明。他們並不需要上帝來達成這件小小的傑作。

那麼呢？那麼，上帝的唯一用處將是爲無辜提供擔保，而我則把宗教看作一個大型的洗衣企業，況且作爲洗衣企業它還曾經存在過，不過時間很短，恰恰三年，而且在那個時期它並不叫做宗教。自此以後，肥皀匱乏，我們的鼻子骯髒，我們便互相擤鼻涕。大家都是懶蟲，大家都受懲罰，我們朝彼此吐痰，然後，咻！進活受罪牢房！人人都爭著第一個吐痰，如此而已。親愛的，我要告訴您一個大祕密。別等著最後審判。它每天都在發生。

不，沒事，在這該死的濕氣裡，我有點打顫。再說，我們已經抵達了。到了。您先請。但請您再多停留一會兒，陪陪我。我還沒講完，應該得繼續。繼續，這才是困難的。呵，您知道爲什麼人們把他釘上十字架嗎？另一位，也許就是您現在想到的那個人。嗯，理由一籮筐。謀殺一個人總是有些理由的。相反地，卻不可能找出理由說明他何以活著。這正是爲什麼始終找得到律師爲犯罪辯護，而爲無辜辯護的卻只是有時候能找到。然而，除了兩千年裡給了我們絕佳解釋的那些理由之外，還有一個大大的理由來解釋這可怕的臨死掙扎，而我不知道人們爲什麼要這麼細心地掩蓋它。眞正的理由他是知道的，他自己並非全然無罪。如果他未扛著人們指控他的那件過失，那麼他也犯了其他過失，

① 最後審判（jugement dernier）：基督教相信，世界末日來臨時，死者復活，神將對每個人在世間的善惡行為做出判決懲處，或上天堂，或下地獄。

即便他不曉得是些什麼。再說，他不曉得嗎？無論如何，他正是事件的源頭；他一定聽說過某一場對無辜者的屠殺。猶太地的孩童遭殺害，就在他們的父母帶他們去安全地點的時候，如果不是因爲他，他們又爲什麼而死？當然，他不願意如此。那些沾染鮮血的士兵，那些被砍成兩截的孩童，都使他憎惡。但是，像他這樣的人，我確信他不可能忘記他們。人們在他一切作爲裡猜到的那股哀傷，不就是那個人無法消除的憂愁嗎？那人夜夜聽見拉結②徹夜悲嘆著她孩子的聲音，她拒絕接受任何慰藉。哀怨聲在深夜裡揚起，拉結呼喚著她那些爲他而死的孩子，而他卻活著！

他理解他所知道的事，他知曉人類的一切——啊！誰會相信，罪行不在於讓別人死去，而在於自己沒死！日日夜夜面對自己的無心之罪，站穩腳步，繼續下去，對他而言變得太困難了。最好能一了百了，不爲自己辯護，死去，以便不再獨自活著，以便到別處去，在那裡，或許他會得到支持。他沒有被支持，他對此有怨，而爲了結束一切，人們查禁他的言論。是的，我相信，是福音書的第三位作者開始刪除他的怨言。「你爲何拋棄了我？」這是反抗的呼喊，不是嗎？那麼，剪刀伺候！況且，請記住，如果路加③什麼也沒有刪除，人們就幾乎不會覺察這件事；而無論如何，這件事情也不會占據這麼重要的位子。所以，查禁者喊出他所刪掉的東西。世界的秩序因此曖昧不明。

儘管如此，被查禁者還是無法繼續下去。而親愛的，我知道我在說什麼。有一段時間，我每分鐘都不知道自己如何能企及下一分鐘。是的，人們能夠在這個世界上戰爭打仗，假裝去愛，折磨他的同類，在報紙上自我炫耀，或者只是一邊打毛線一邊講鄰人的壞話。但是，在某些情況裡，繼續下去，僅僅是繼續下去，這就已經是超人的事了。而他，他不是超人，您可以相信我的話。他爲他的垂死呼喊，這就是爲什麼我愛他，親愛的朋友，他一無所知便死了。

不幸的是他留下了我們，孤零零的，無論發生什麼事，都得繼續下去，即使我們窩在活受罪的地牢裡，也知道了他所曉得的事，卻沒有能力去做他所做的事，去像他一樣死亡。人們自然努力嘗試過以他的死來稍微幫助彼此。不管怎麼樣，對我們說了下面這段話的人，實在天才：「你們庸庸碌碌，好，這是

② 拉結（Rachel）：聖經中的人物，擁有非凡美貌，是雅各的第二任妻子，也是他最鍾愛的女人。拉結的子女被擄，她因而慟哭。《新約聖經》的福音書中，引用此來暗指嬰孩們因耶穌誕生而遭屠殺的事件。

③ 路加（Luc）：《新約聖經》中，〈路加福音〉的作者。

事實。那麼，咱們就不斤斤計較了！一次在十字架上全處理掉！」但是，現在有太多人爬上十字架只是爲了讓人遠遠地看見他們，即使爲此必須踐踏已經在那裡許久的人。爲了慈善布施而省卻慷慨的人太多了。噢！不公平，人們對待他不公平，這讓我心痛的不公平啊！

來吧，我的老毛病又犯了，我又要辯護了。請原諒我，請您瞭解我自有我的理由。瞧，從這裡過幾條街，有一間博物館，名叫「天主在閣樓」。那時候，他們把骸骨墓地設置在頂樓。能怎麼辦呢，這裡的地下室全淹水了。不過，今日，請放心，他們的天主不再位居閣樓，也不在地下室。他們把祂高高安放在法庭上，在他們內心的隱密處，他們敲敲打打釘釘子，他們尤其審判，以祂之名審判。他們溫和地對女罪人說：「我也不會，不會宣判你的罪！」這阻擋不了什麼，他們依然判罪，不寬宥任何人。以天主之名，這正是你應得的。而天主？我的朋友，他並不要求那麼多。他想要的是人們愛他，僅此而已。當然了，有些人愛他，甚至基督徒當中也有。但是，這些人寥寥可數。況且，他早預料到了這一點，他有幽默感。彼得④，您曉得，那個懦夫，彼得，因此不認他：「我不認識這個人……我不懂你的意思……等等。」的確，彼得過分了！而且他還做文字遊戲：「在這塊石頭⑤上，我將建造我的教堂。」再沒有比這更諷刺的了，您不覺得嗎？可是，不然，他們仍舊勝利！「你們看，他早說過了！」他確實說過，他很清楚這個問題。之後，他永遠地走了，任由他們去評斷和判刑，嘴裡說寬恕，心裡想著刑罰。

不能說不再有憐憫了，不，偉大的諸神，我們不停地談論憐憫。只是，人們不再宣告任何人無罪。無辜已死，而法官充斥其上，各種各樣的法官，贊同基督和反對基督的都有，況且，他們皆狼狽爲奸，在活受罪的牢房裡握手言和。因爲不該只折磨基督徒。其他人也有份。在這座城裡，有一些房屋曾經庇護過笛卡兒，您知道其中一棟變成什麼了嗎？一家精神病院。是的，這是普遍性的瘋狂，還有迫害。我們也一樣，自然，我們是被迫參與的。您可能已經發覺，我不放過任何東西，而您這一方呢，我知道，您所想的不會少於我。自此以後，既然我們都是法官，我們在彼此面前就都有罪，我們所有人都以自己卑

④彼得（Pierre）：耶穌的十二使徒之一，相傳耶穌被捕後，彼得曾三度否認自己是其門徒，直到耶穌復活了，他才恢復信心，開始致力於傳道。

⑤在法文中，石頭（pierre）和彼得（Pierre）是同一個字。

鄙的方式當基督，一個接一個被釘上十字架，而且始終一無所知。我們至少將被釘上十字架，如果我，克拉蒙斯，我不曾找到出路，那麼唯一的解決方法，最終的眞相……

不，就講到此吧，親愛的朋友，沒什麼好擔心的！況且，我要與您告別了，我們已經到了我家門口。能怎麼辦呢，在孤獨中，加上疲憊，人們很自然地把自己視爲先知。無論如何，這正是我的情況，避處在荒漠之中，那裡遍地砂礫，霧氣迷濛，臭水橫流，這正是我，平庸時代的空虛的先知，沒有彌賽亞的以利亞[6]，渾身發熱，滿腹燒酒，背靠著這扇發霉的門，手指向低垂的天，大肆詛咒那些沒有法律、不能忍受任何審判的人。因爲他們無法忍受這個，親愛的，這正是整個問題所在。贊同法律的人不怕審判把他重新導入其信賴的規範中。然而，人類最高的痛苦卻是沒有法律而受審判。而我們就身在此一痛苦中。法官們失去了他們慣常的節制，任憑偶然胡亂行事，三步併兩步，加快速度。那麼，必須試著走得比他們更快，不是嗎？這是一場大混亂。先知和治療師數量倍增，他們加緊腳步，爲了在大地荒涼之前，帶著一部好法律或一套完美無瑕的組織到來。幸好。我呀，我趕到了！我是結束也是開端，我宣布法律。簡言之，我是法官——懺悔者。

是，是，我明天會告訴您這個美好的職業做些什麼。您後天就離開，所以我們的時間緊迫。來我家吧，您願意，您按鈴三次。您返回巴黎嗎？巴黎很遙遠，巴黎很美，我沒有忘記。我記得它的黃昏，大約也是相同的時期。夜晚降臨在煙霧彌漫的藍色屋頂上，乾燥而絲絲作響的夜晚，城市發出低沉的轟隆聲，大河彷彿倒流。當時我在街上遊蕩。他們現今也在遊蕩，我知道！他們遊蕩著，假裝匆匆投向疲倦已極的妻子，令人生厭的家園……啊！我的朋友，您知道孤獨者在一座座大城市裡遊蕩是怎樣的景況嗎？……

⑥以利亞（Elie）：西元前九世紀，以色列王國的一位先知。據《聖經》記載，以利亞是上帝派遣的使者，前來人世宣揚神的旨意，因此又被視為彌賽亞（意指上帝揀選之人）的先驅。

第5章

我永遠一邊說話，一邊自我炫耀，尤其是以那種我深諳奧祕的喧譁式含蓄，來自我炫耀。

不好意思啊，躺著接待您。沒什麼，有點發燒，我喝刺柏子酒來調養。我已經習慣這類發作了。瘧疾，我想，是我當教皇時期染上的。不，只有一半是玩笑話。我知道您想些什麼——要從我的敘述裡分辨虛實還眞困難。我承認您的想法有道理。我自己嘛……您瞧，一位我周遭的親近人士把人分爲三個種類——有人寧可毫不隱瞞，也不要被迫說謊；有人寧可說謊，也不要開誠布公；最後，還有人同時喜歡說謊和隱私。我讓您選擇最適合我的情況。

到頭來，又有什麼關係呢？謊言，最終不也通往眞理嗎？我的故事，眞或假，不都朝向同一個結局，不都具有相同意義嗎？如果，在兩種情況裡，它們都足以說明我過去和現在是怎麼樣的人，那麼，它們是眞是假，又何妨。有時，人們在說謊者身上，比在說眞話者身上，更容易把事情看清楚。眞相，猶如亮光，炫目刺眼。相反地，謊言是美麗的彩霞，讓每件東西顯現價值。總之，隨您怎麼想，我可是曾經在一座俘虜營裡被任命爲教皇的。

請坐吧。您看看這個房間。空蕩蕩的，沒錯，但是乾淨。像一幅維梅爾①的畫作，沒有家具，沒有鍋子。也沒有書籍，我很久以來就不讀書了。從前，我滿屋子裡都是讀了一半的書。這情況和那些人切取一小塊鵝肝吃，把剩下的扔掉一樣令人厭惡。再說，我只愛懺悔錄，而那些懺悔的寫作者提筆，主要是爲了不懺悔，爲了絕口不提他們知道的事情。當他們聲稱坦白時，就是該小心質疑的時候了，他們要給屍體化妝了。相信我，我眼光精準有如金銀匠。所以我當機立斷。不再有書本，一切無用的東西也沒有了，只留最起碼的必需品，清晰、光亮宛如棺木。再說，這些荷蘭的床，如此堅硬，蓋上散發純潔香氣、纖塵不染的被單，人，簡直像早已纏在裹屍布裡死了。

您好奇，想瞭解我當教皇的遭遇？您知道，過程平淡無奇。我還有力氣跟您談它嗎？可以的，我感覺在退燒。那是很久以前的事了。在非洲，多虧了隆美爾先生②，戰爭烽火連天。不，我沒有參與其中，您大可放心。我已經躲掉了歐洲的戰事。當然，我被徵召入伍，但是我從未見到過戰火。從某種意義來說，我感到遺憾。或許那會改變許多事情呢？法國軍隊不需要我上前線。它只

---

①維梅爾（Vermeer，一六三二～一六七五）：十七世紀荷蘭畫家，擅於描繪居家日常生活，其作品布局簡單，光線色彩處理獨到，予人寧靜優雅的氣氛。

②隆美爾（Rommel，一八九一～一九四四）：第二次世界大戰時期，德國著名的陸軍元帥，在北非戰場上與聯軍交手，多次以寡擊眾，人稱「沙漠之狐」。

要求我參加撤退。之後，我再度看見了巴黎，還有德國人。我想加入人們正開始談論的抵抗陣線，也大約在這個時候，我發現自己是個愛國主義者。您微笑？您錯了。我是在夏特雷的地鐵走道上發現這一點的。當時有隻狗在錯綜複雜的通道裡迷了路。那是一條大狗，毛硬直，一只耳朵斷了，眼神快活，蹦蹦跳跳，嗅著行人的小腿。我喜歡狗，這份喜愛帶著一種很古老、很忠實的溫柔。我喜歡牠們，因爲牠們從不記仇。我叫喚這隻狗，牠猶豫了一下，顯然接受我的善意，在我前方幾公尺遠的地方，熱烈地搖尾巴。這時候，一名年輕的德國士兵步伐輕快地從我身旁經過。他來到狗面前，撫摸牠的頭。那狗沒有猶豫，以同樣的熱情跟隨士兵的腳步，和他一起走了。我對那德國士兵感到怨恨和惱怒，從這情緒來看，我得承認自己的反應是愛國主義的。如果那隻狗跟著一個法國百姓，我甚至想都不去想了。我想像這隻討人喜歡的動物成了某德軍軍團的吉祥物，這讓我怒火中燒。因此，這項試驗是具說服力的。

我抵達南方，意圖探聽抵抗陣線的情況。可是，一到當地，瞭解情形之後，我又猶豫了。我覺得這件事情有點瘋狂，總歸一句，就是空想多於實際。我尤其認爲，地下行動不符合我的性情，也違背我對空氣通暢之高峰的喜愛。

我感覺人們是要求我整日整夜在地窖裡編織地毯，等待一群野蠻人來把我趕出去，先拆掉我的地毯，然後將我拖至另一處地窖裡，痛扁我直到命絕。我佩服那些投身於深處英雄主義的人，卻無法仿效他們。

所以我又去了北非，隱約想從那裡轉往倫敦。可是，在非洲，情勢並不明朗，我覺得那些敵對的黨派也有道理，便按兵不動。從您的表情看得出來，您認爲我對那些有意義的細節匆匆帶過。嗯，這麼說吧，我依據您的眞正價值評斷過您了，我快速帶過是爲了讓您更加留意到它們。總之，我最終抵達了突尼西亞，在那裡，一位親切的女性友人確保我有份工作。這位朋友是一個極爲聰明的女人，從事電影工作。我隨她到突尼斯，盟軍登陸阿爾及利亞幾天後，我才知道她的眞正職業。登陸那天，她被德軍逮捕了，我也被捕，卻未曾情願如此。我不知道她之後的下落如何。至於我，他們絲毫沒有傷害我，我極度焦慮，後來才知道那主要是一項維安措施。我被關進黎波里[3]附近的一處集中

③ 黎波里（Tripoli）：北非國家利比亞（Libya）的首都，該國於第二次世界大戰期間曾是軸心國義大利的屬地。

營，在那裡，口渴，以及物資的匱乏，遠比惡意的對待，更令人受苦。我就不向您描述了。我們這些人，世紀中期的孩子，無需圖片就能想像這類地方。一百五十年以前，人們提起湖泊和森林便滿懷感動。如今，我們則有牢房抒情詩。所以，我對您有信心。您只需添加幾項細節就行了——炎熱，烈日當空，蒼蠅，沙，缺水。

和我在一起的有一位年輕的法國人，此人有信仰。是啊！這顯然是一則童話。就是杜蓋克蘭[4]那類型的人物，如果您願意這麼想。他爲了作戰，從法國去到西班牙。天主教將軍把他拘禁起來，他在佛朗哥陣營裡看見了鷹嘴豆[5]，若我敢講，那是經羅馬祝福過的，在那之後他便跌入深深的憂鬱中。無論是非洲的天空（他後來在那裡嘗到了挫敗），或者營地的娛樂，都沒能使他擺脫這股憂鬱。而他的思索，還有太陽，讓他有一點脫離了正常狀態。有一天，在如鎔鉛般灼燙的帳棚下，我們十幾個人在飛舞的蒼蠅之間喘著氣，他又抨擊起他稱作羅馬人的那一位。他已經幾天沒刮鬍子了，神色渙散地望著我們。他裸露的上半身汗水淋漓，雙手彈琴似地，來回輕敲身上清晰可見的兩排肋骨。他向我們宣稱，必須有一位新教皇，這教皇生活在不幸的人們之中，而不是在御座上祈禱，而且越快產生越好。他一邊搖頭，一邊用失神的雙眼盯著我們。「對，」他反覆地說，「盡可能快一點！」然後，他突然平靜下來，有氣無力地說，必須在我們之中挑選，找一個健全的人，既有缺點又有優點，而大家得宣誓服從，唯一的條件是，他答應，讓我們共同的痛苦永遠鮮活地存在於他本人和其他人身上。「我們當中，」他說，「誰的弱點最多呢？」我開玩笑地豎起手指，而且只有我一個人這麼做。「好，就讓尙—巴蒂斯特來擔任。」不，他不是這樣說的，因爲那時候我有另外一個名字。至少，他聲明，正如我所爲，自告奮勇也意味著最大的美德，並建議選我。其他人表示同意，雖然是出於好玩，卻仍帶著一絲莊嚴。實際情況是，杜蓋克蘭令我們深受震懾。我自己呢，我眞覺得這並不完全可笑。我認爲，首先我的小先知有道理，再則太陽，讓人精疲力竭的勞動，搶水的打鬥，總歸一句，我們狀況不佳。無論如何，教皇職權，我行使了好幾個星期，而且越來越認眞。

④ 杜蓋克蘭（Duguesclin，一三二〇～一三八〇）：英法百年戰爭初期的傑出將領，法國民族英雄，為人深具騎士風範，效忠王室，熱愛國族，民間流傳了不少關於他英勇功勳的傳奇故事。

⑤ 鷹嘴豆（pois chiche）：原產於土耳其，是中東及印度料理中的主要食材。又名埃及豆。

教皇的職權是什麼呢？天知道，我就是某種類似組長或村里幹事的人。不管怎麼樣，其他人，甚至那些沒有信仰的人也都習慣於服從我了。杜蓋克蘭痛苦——我則使他的痛苦得到疏導。我因此覺察到，當教皇並不像人們想得那麼容易，昨天，我對您講述了那麼多關於法官——我們的弟兄們的輕蔑言論之後，我才又想起了這件事。集中營裡，最大的難題是水的分配。其他幾個團體也成立了，有政治的也有宗教的，每個團體都偏袒他們的同志。所以，我也不得不偏袒我的同志，這已經是小小讓步了。即使在我們之間，我也無法始終做到完全平等。根據我同志們的狀態，或者他們必須執行的工作，我便多給這位或那位。這種區別待遇的後果相當嚴重，您可以相信我。不過，我實在疲倦，不想再回憶那段日子了。這麼說吧，我圓滿達標，就在我喝了一位垂死同志的水的那一天。不，不，不是杜蓋克蘭，他已經死了，我認爲，他自我捨棄太多了。再說，如果他還活著，看在他的份上，我會忍耐得更久，因爲我愛他，是的，我愛他，至少我這麼覺得。但是，我喝了水，這是確定的，我說服自己——其他人需要我，比起這個橫豎就快死的人，他們更需要我，我應當爲了他們而保全自己。親愛的，帝國和宗教就是這樣在死亡的陽光下誕生的。爲了稍微修正我昨天說過的話，我就來跟您談談一個偉大的想法，它是我在談及所有這些、甚至不知道是經歷過抑或夢想過的事情時，想出來的。我的偉大想法是，應該原諒教皇。首先，他比任何人都更需要被原諒。其次，這是可以高於其上的唯一方法……

噢！您把門關緊了嗎？是的，請確認一下。原諒我，我老是擔心門沒有鎖好。人睡的時候，我總是不曉得門是否上鎖了。每晚，我都得起來檢查。我跟您說過的，人們什麼都不放心。別以爲，我這種對門鎖的擔憂，是受驚害怕的屋主會有的反應。從前，我不鎖家門，也不鎖車子。我不抓緊我的錢，我不執著於我的東西。老實說，我對「擁有」這件事感到有一點可恥。我在社交場合的言論中，就曾經滿懷信念地高聲說：「財產，諸位先生，那是謀殺！」既然我沒有足夠寬宏的心胸，與受之無愧的窮人分享我的財富，那麼就把它留給可能到來的小偷們，希望以此藉著偶然來矯正不公。況且，如今我一無所有了。所以，我擔心的不是我的財產保障，而是我本人和我現有的才智。我因此一心只想閉門謝客，在這個密封的小天地裡，當我的國王、教皇和法官。

對了，請您打開那個壁櫥。這幅畫，是的，請看看它。您認不出來嗎？這是〈正直的法官〉。您沒有嚇一跳？可見您的文化修養是有疏漏的喲？但如果您讀報紙，您就會記得一九三四年，在根特的聖巴夫大教堂裡，范．艾克⑥所繪的著名祭壇畫〈神祕的羔羊〉當中，有一幅嵌板油畫失竊了。那幅畫的名稱就叫〈正直的法官〉。它描繪法官們騎馬前來瞻仰聖畜。他們用一幅優秀的複製品來替代，因爲已經找不到原作了。嘿嘿，而這幅就是原作。不，整件事與我無關。一位墨西哥城的常客，另一晚您見過的，有天晚上喝醉，以一瓶酒爲價把畫賣給了大猩猩。我先是建議我們的朋友將它長期掛在一個好位置上。正當人們在全世界尋找他們時，我們這幾位虔誠的法官則坐鎮墨西哥城，高踞在酒鬼和皮條客之上。後來，大猩猩依我的要求，將畫作存放在我這裡。他不太樂意，但是我向他解釋了來龍去脈，他便害怕了。從此，我就單獨與這些可敬的法官爲伴。在酒吧那邊，櫃臺上方，您看見了，他們留下怎樣的一片空白吶。

我爲何沒有歸還畫作？啊！哈！您呀，您的反應有如警察哩！假設終於有人發現這幅畫擱置在我房間裡，那麼，我就像回答預審法官一樣地回答您。一，因爲它不屬於我，而是屬於墨西哥城的老闆，此人和根特主教一樣有資格擁有它。二，因爲人們從〈神祕的羔羊〉之前經過時，沒有人能分辨出複製品和原作，因此也沒有人因我的過錯而遭受損害。三，因爲我以此方式睥睨所有的人。假法官被推出來讓全世界欣賞，唯獨我知曉眞法官。四，因爲如此一來，我有機會被遣送入獄，就某種意義而言，這是個誘人的點子。五，因爲這些法官去會見天主羔羊，而羔羊已不存在，無辜亦不存在，因此，手法高明，偷走油畫的竊賊成了無人知曉之正義的工具，而還是不要違背此正義爲宜。最後，因爲經由這種方法，我們處在了秩序之中。正義與無辜徹底分離，後者在十字架上，前者在壁櫥裡，我因此能依據自己的信念自由地工作。我可以心安理得地從事法官——懺悔者這個困難的職業，要歷經過多少失望和矛盾才能擔起這份工作呀，而既然您要走了，是我告訴您這個職業是什麼的時候了。

在解釋之前，請允許我坐起來，讓呼吸順暢一些。噢！我好累！請把我的

⑥根特（Gand）：比利時的第二大城。

范・艾克（Van Eyck）：此處指十五世紀比利時的畫家兄弟，胡貝特・范・艾克（Hubert Van Eyck，一三八五～一四二六）與揚・范・艾克（Jan Van Eyck，一三九〇～一四四一），兩人曾前仆後繼合作完成了著名的祭壇畫〈神祕的羔羊〉。

法官們鎖上吧，謝謝。法官——懺悔者這份職業，此刻我正在執行中。我的辦公室通常設在墨西哥城。不過，偉大的使命超出了工作場域以外。甚至在床上，甚至發燒，我都可以工作。況且，這份職業，我簡直不是執行，而是無時無刻都呼吸著它。事實上，別以為，在五天的時間裡，我對您如此長篇大論僅僅為了好玩。不，我從前說的話已經足夠讓我不再發言了。如今，我的言論是有目的的。它顯然是想消除笑聲，讓自己逃避審判，哪怕表面上並沒有任何出路。避免受評判的最大阻礙不就是我們是最先站出來控訴自己的人嗎？所以，必須一開始便一視同仁，將控訴擴及到每個人身上，好儘早淡化它。

對任何人都絕不給藉口，這是我起步的原則。我否定良好動機、值得尊敬的錯誤、失足，還有可以減輕罪刑的情節。在我這裡，沒有祝福，沒有寬宥。我只加總作帳，然後說：「一共有這麼多項。您是個變態、好色鬼、說謊癖、同性戀、玩世不恭之徒等等。」就是這樣。就是這麼冷漠無情。所以，在哲學上如同在政治上，我贊同任何一種否認人類無辜的理論，贊同任何一種把人類視為罪人的舉措。最親愛的，您在我身上看到了一個經驗老道的奴役擁護者。

老實說，沒有奴役，就絕不會有終極的解方。我很快就明白了這一點。從前，我開口閉口只有自由。早餐時，我把它塗抹在麵包片上，一整天咀嚼它，我爲世界帶來一股融入自由的清新甜美氣息。任何人駁斥我，我就以這個關鍵詞猛烈打擊他，我用它來爲我的欲望和權勢服務。我在床上，在熟睡的伴侶耳邊輕聲說這個詞，它助我甩掉她們。我讓它滑過……算了，我興奮起來，有失分寸了。總之，我也曾給自由一個較無私的用途，甚至，您可以想像我有多天眞，還捍衛過它兩三次，當然沒有到爲它犧牲性命的地步，不過也經歷了一些危險。應該原諒我這些輕率之舉；我不知道我做了什麼。我不知道自由不是一種獎賞，也不是一枚人們喝香檳慶賀的勛章。它既非一份禮物，也非一盒讓您齒頰留香的美食。噢，不，相反地，這是一樁苦役，一趟長跑，相當孤獨，令人精疲力竭。沒有香檳，沒有朋友舉杯親熱地望著您。獨自一人在陰鬱的大廳裡，獨自一人在隔離室裡，面對著法官們，獨自做決定，面對自己或者面對其他人的評判。任何自由的盡頭都有一個判決；這就是爲什麼自由太沉重，無法負荷，尤其是在發燒、受苦，或不愛任何人的時候。

啊！親愛的，對於那獨自一人，沒有上帝、沒有主子的人而言，歲月沉重得令人難以忍受。所以，必須爲自己選一個主人，因爲上帝已經過時了。況且，這個詞不再有意義；不值得冒令人不快的風險。您看，我們的道德家，那麼道貌岸然，愛周遭人和其他的一切，總而言之，若不是因爲他們不在教堂裡布道，什麼也不能使他們與基督徒的身分區分開來。依您看，是什麼阻止他們皈依宗教呢？尊重，或許吧，對人的尊重，是的，人與人之間的尊重。他們不想引起公憤，他們保留自己的想法。我就認識一位不信神的小說家，他每天晚上禱告。這沒妨礙什麼──在他那些書裡，他是怎麼書寫上帝的呀！正如不曉得是誰說的，好個疏筋活骨！一個行動積極的自由思想家，對於他，我曾經推心置腹，此人甚且無惡意地朝上蒼高舉雙臂說：「您沒有教導我什麼，」這個自由思想的信徒嘆息道，「他們全都像這樣。」按照他的說法，如果可以不署名，我們有百分之八十的作家將會寫上帝之名並向其致敬。然而，他們署名，據他說，是因爲他們愛自己，而他們對什麼都不禮敬，是因爲他們厭惡自己。由於他們終究禁不住會評判，他們於是把心力轉而投注在道德教化上。總之，他們具有合乎道德的邪惡精神。眞是個怪誕的時代！思想被攪亂了，我有一個朋友，當他是無可指謫的丈夫時主張無神論，通姦搞外遇時卻皈依宗教，這些又有什麼稀奇的呢！

啊！陰險的小人物，虛情假意的傢伙，僞君子們，一副可憐兮兮的模樣！請相信我，甚至當他們斥責老天的時候，也都是這副德性。無論是無神論者或虔誠信教者，莫斯科人或波士頓人，他們全都是基督徒，父子相傳。不過，恰恰已經沒有父親，也不再有規矩了！人是自由的，那麼就必須自己想法子找出路，因爲他們尤其不想要自由和它的宣判，他們便請求把自由交到他們手上，他們發明可怕的規定，競相建造焚屍的柴堆，來取代教堂。我告訴您，他們是薩佛納羅拉[7]。然而，他們只相信罪惡，從來不相信寬恕。當然了，他們也想著寬恕。他們想要的寬恕就是應允，完全託付，存在的幸福，還有，誰知道呢，訂婚，清新的女孩，正直的男性，音樂，因爲他們也善感多情。就我來說，我不善感多情，您知道我嚮往些什麼——完全的愛情，身心整個投入，日日夜夜，不間斷的纏綿，享樂而且狂熱激昂，如此持續五年，然後死亡。唉！

那麼，對吧，因爲沒有訂婚，沒有不間斷的愛情，因此就有了帶著強力和

⑦薩佛納羅拉（Savonarole，一四五二～一四九八）：天主教修士，義大利人，曾在佛羅倫斯建立神權政府，實施清規戒律，把琴、棋、飲酒、藝術品以及非宗教書籍詩作，視為享樂虛榮，大肆焚毀，並定罪同性性行為為死刑。

鞭子的粗暴婚姻。根本在於一切都變得簡單，就像給孩子一樣；每個行爲都受控制；善與惡都以專斷而明顯的方式指定。而我，儘管我是西西里人和爪哇人，我同意這絲毫不是基督徒的作法，雖然我對於第一位基督徒懷抱著友情。而在巴黎的橋上，我也明白了我害怕自由。因此，不管主人如何，爲了取代上天的律法，主人萬歲。「我們的父暫時在此……我們的嚮導，我們嚴厲得令人愉快的領袖，哦，殘酷而親愛的引路人……」總之，您看，主要的論點是不再自由，並在懊悔之中服從比自己更狡猾的人。當我們大家都有罪時，便是民主了。親愛的朋友，姑且不提應該爲了必須孤獨死去而進行報復。死亡是孤獨的，而奴役則是集體的。與我們同時，其他人也都有各自該了結的帳，這才是重要的。所有的人終於聚集起來，不過卻是低著頭，下跪。

和社會上其他人一樣過活不也很好嗎？爲此，社會上的其他人不是應該和我相似嗎？威嚇、恥辱，警察是這種相似的聖禮。我被蔑視、追捕、逼迫，因此得以充分發揮自己的能力，享受眞實的我，最終變得自然不做作。親愛的，這就是爲什麼，在莊嚴地向自由致敬之後，我暗自決定要毫不遲延地把它交還給無論是誰都好。只要我辦得到，我便在我那墨西哥城的教堂裡宣講，我勸誘善良的百姓們順服，設法謙卑地獲取奴役所帶來的舒適，哪怕得將奴役描述成眞正的自由。

但我不是瘋子，我清楚意識到奴隸制度並非一蹴可幾。那將是未來的一項善舉，如此而已。在此之前，我得順應現今情勢，尋找一個解決辦法，即便只是臨時的方案。因此，我必須找出另一種方法把審判擴及至所有人，以減輕它在我身上的重量。我已經找到了這個方法。請稍微打開窗戶。這裡熱得不可思議。別開得太大，我也感覺冷。我的想法既簡單又豐富。如何把所有的人拉下水，讓自己有權在太陽下晾乾呢？我要像我的許多著名同代人一樣，站上講臺，詛咒人類嗎？這非常危險！哪天或哪夜，笑聲會無預警地突然爆發。您對別人的宣判終將會落到您的頭上，打得正著，而且還會造成損傷。您說怎麼辦呢？嘿，這兒有個絕妙點子。我發現，在等待主人和他們的鞭笞時，我們應該如哥白尼一樣，倒過來推論以獲取勝利。既然人們無法控訴別人而不隨即評判自己，就必須先自我攻擊以便有權審判他人。既然任何法官有朝一日都會成爲懺悔者，那麼得往反方向走，先當懺悔者以便最後能成爲法官。您理解我的話嗎？好。不過爲了說明得更清楚，我就來告訴您我如何工作。

首先我結束了我的律師事務所，離開巴黎，四處旅行；我嘗試以另外的名字，在某個不缺執業機會的地方安頓下來。世界上有許多這樣的地方，但是偶然、便利性、嘲諷，還有某種苦修的必要，使我選擇了一個水與霧之都，這城市爲運河網絡牢牢框住，尤爲擁擠，聚集著來自世界各地的人們。我把我的辦公室設在水手區的一家酒吧裡。港口地帶的顧客十分多元。窮人們不去奢華的街町，而那些出身高尚的人最終總是，至少一次，您是見過的，淪落到聲名狼藉的地方。我尤其留意資產階級者，迷途的資產階級者；正是和他們一塊兒，我最能施展長才。我以高超的技法使他們發出了最細緻的音調。

所以，有一段時日以來，我就在墨西哥城從事我這個有用的職業。您已經體驗過了，這份工作首先在於盡可能經常進行公開懺悔。我以各種方式全面認罪。這並不困難，我現在記性很好。但是請注意，我不大力搥胸粗魯地認罪。不，我靈活遊走，變換各式各樣的調性，也東拉西扯，最後，我的言談因人而異，我引導聽者爭相認罪。我把涉及自己與涉及別人的事混在一起。我擷取共同特徵，一同經歷過的痛苦經驗，共有的弱點，時下風行的派頭，總之，當代人物，就如同它呈現在我身上和他人身上那樣。我用這些製作出一個既是所有的人、又不是任何人的肖像。總的來說，就是一個面具，和嘉年華會上的那種相當類似，既忠實又簡化，人們面對這些面具時心想：「啊哈，這個我碰見過！」當肖像完成時，如同今晚，我不勝悲戚地把它拿出來：「唉！這就是我。」控訴狀便完成了。然而與此同時，我朝我那些同代人所展示的肖像變成了一面鏡子。

我渾身灰燼，慢慢扯開頭髮，臉上布滿指甲劃過的一道道傷痕，然而目光敏銳，我站在全體人類之前，回顧我的恥辱，一邊關心自己製造出的效果，一邊說：「我是卑劣之最。」這時，我在談話之中，神不知鬼不覺地從「我」過渡到「我們」。當我說「這就是我們」的時候，詭計便告完成，我可以說出他們的眞相了。當然啦，我和他們一樣，我們都在同一鍋滾湯裡。但我略高一籌，我的優越在於我瞭解這一切，這給了我權利談論它。您看出好處了，我相信。我越是認罪，就越有權評判您。尤有甚者，我促使您評判您自己，這同樣讓我感到輕鬆。啊！親愛的，我們都是古怪而可憐的生靈，我們回頭想想自己的生活，就並不乏讓我們對自己感到詫異和反感的機會。試一試吧。請放心，我會以最寬大的博愛情懷傾聽您的懺悔。

請別笑！沒錯，您是一位難對付的顧客，我第一眼就看出來了。不過，您會來的，這不可避免。其他大多數人不那麼聰明，較容易動感情；立刻便能讓他們跌入五里霧中。對於聰明的人，則必須花時間。徹底向他們解釋方法也就夠了。他們不會忘記，他們思考。哪天，他們半是因爲好玩，半是慌亂不安，就坐到桌邊來了。而您，您不只聰明，您看起來老練。然而承認吧，您，今天，比起五天前，對您自己是否比較沒那麼滿意了？現在我將等著您寫信給我或者再回來。因爲您會再回來的，我確信！您會發現我沒變。而且，既然我已經找到適合我的幸福，我爲什麼要改變呢？我接受了雙重性，而不是對之感到懊惱。相反地，我安頓其中，我在那兒找到了我一輩子追求的舒適。事實上，我錯了，不該對您說，最要緊的是避開審判。最要緊的是能爲所欲爲，哪怕偶爾需公開大聲說出自己的卑鄙。我再度爲所欲爲，這一次沒有笑聲了。我並未改變生活，我繼續愛自己，繼續利用他人。只是，我懺悔過錯，這使我得以較輕鬆地重新開始，並且享受兩次，首先是我的天性，其次是誘人的悔恨。

自從我找到解決辦法以後，我便沉迷於一切，女人、傲慢、厭倦、憤恨，甚至熱病，此刻我正興味盎然地感覺熱度上升。我終於居高臨下，而且永遠如此。我還發現了一座頂峰，我獨自攀爬，並能從那兒評判所有人。時而，久久一段時間過後，當夜色真切地美好時，我遠遠地聽見一陣笑聲，心中又再度起疑。然而，我很快便將一切眾生與天地萬物置於我自身缺陷的重壓下，我又恢復了精神。

所以，我將在墨西哥城等候您光臨致敬，要等多久就多久吧。請拿掉這條被單，我想喘口氣。您會來的，不是嗎？我甚至將告訴您我操作的具體細節，因爲，我對您存有某種好感。您將看到我整夜教他們知道自己是卑劣的。況且，從今晚起，我將重新開始。我離不開，也無法剝奪自己的這些時刻，看他們其中一位借酒精之助，醉倒在地，雙手搥胸。這時，我茁壯，親愛的，我茁壯起來，我自由呼吸，我在山峰上，平原鋪展在我眼下。感覺自己是上帝天父，頒發一張張生活傷風敗德的終極證明，多麼令人陶醉啊！我高高端坐於我那些卑鄙的天使之上，在荷蘭天空的最高點，我望著一大群人經過末日審判，從霧裡水裡冒出來，朝我上升。他們緩緩升起，我看見其中的第一位已經到達。他隻手半掩著臉，在那張迷惘的臉上，我讀出了因爲處境相同而產生的憂傷，還有無法從中掙脫的絕望。而我，我憐憫而不寬赦，理解而不原諒，尤其是，啊，我終於感到了人們崇拜我！

是的，我很亢奮。我怎麼能安安靜靜地躺著呢？我必須比您高，我的思想把我往上抬升。那些夜裡，倒不如說是那些早晨，因為墮落發生在拂曉，我出門，步履焦躁地沿著運河走。灰白的天空中，層層疊疊的羽毛變得稀薄，鴿群飛得更高了些，在與屋頂齊平處，一道粉紅色的光線預示著我所創造的新日子。達姆拉克大街上，第一班電車在濕潤的空氣中叮噹作響，敲醒了歐洲邊陲地帶的生活，在這歐洲，同一時刻，幾億人，我的臣民，從床上艱難地爬起來，嘴裡充滿苦澀，去做一份毫無樂趣的工作。這時，我的思緒翱遊在這一整片不知不覺臣服於我的大陸之上，啜飲著以苦艾酒釀成、正在來臨的日子，最後陶醉在惡劣的言語之中，我是快樂的，我快樂，我告訴您，我嚴禁您不相信我是快樂的，我快樂欲絕！哦，陽光、沙灘以及信風吹拂下的島嶼，那回憶也挽不回的青春！

我得再躺下來，原諒我。我恐怕是激動了；然而我不哭。人們有時會迷失方向，懷疑事實，甚至就在他們發現美好生活祕密的時候。當然，我的解決之道並不理想。但是，當人們不喜歡自己的生活、當他知道必須改變時，他沒有選擇，不是嗎？怎麼做才能成爲另一個人呢？不可能。必須什麼人也不是，必須爲了某個人忘掉自己，至少一次。但是，如何辦到呢？別太強人所難。我就像那個老乞丐，那天在咖啡館的露天座，他不肯放開我的手。「噢，先生，」他說，「並非我是個壞人，而是我失去了光明。」是啊，我們都失去了光明，失去了早晨，失去了那自我原諒者聖潔的純眞。

看，下雪了！哦，我得出門去！在白皚皚的夜裡沉睡的阿姆斯特丹，那些在白雪覆蓋的小橋下如暗玉般的運河，空無一人的街道，我悄無聲息的腳步，那將是一片純潔無瑕，然而短暫即逝，明日已成汙泥。您看，巨大的雪團打在窗玻璃上蓬鬆四散，那是鴿子，一定是。牠們終於決定飛下來，這些小寶貝，牠們給水道和屋頂鋪上厚厚一層羽毛，牠們撲撲拍打所有的窗戶。好一番入侵啊！我們且期待牠們帶來好消息。所有人都將得救，嗯，不只那些被選中的人，財富和苦難都將分享分擔，比方說，您，從今天開始，每晚您都將爲了我而睡在地上。全是一派詩意，罷了！來吧，請承認，如果有輛大車從天而降，把我帶走，或者，如果白雪突然著火，您將目瞪口呆。您不相信嗎？我也不相信。不過，我還是得出門。

好啦，好啦，我安靜躺著，您別擔心！況且，不必太相信我激動的情感，也別太相信我的瘋狂。它們都在操控之中。誒，現在您將向我談談您自己了，我將知道我熱烈懺悔的其中一個目的是否達到了。事實上，我一直期望和我對談的人是警察，他將因爲〈正直的法官〉竊案而逮捕我。其他方面，沒有人能逮捕我，是不是。而這樁竊案是受法律制裁的，我已安排妥一切，好讓自己成爲同謀；我藏匿這幅畫，誰想看就給誰看。所以，您逮捕我嘍，這會是一個好的開端。也許有人會接手其餘的事，例如，我要被斬首，而我不再害怕死亡，我將得救。彼時，您將把我餘溫尚存的頭顱高高舉起，在聚集群眾的上方，以便使他們從中認出自己，使我再次俯臨他們，成爲模範。一切將就此結束，無人看見，無人知曉，我將結束我在荒漠中呼喊、並拒絕脫離的僞先知生涯。

不過，當然啦，您不是警察，否則就太簡單了。怎麼？啊！您瞧，我早料到了。所以，我對您抱持的這份奇特好感是具意義的。您在巴黎從事律師這美妙的職業。我就知道我們是同一族類。我們不都相似嗎？說個不停，卻又不朝著任何人說，始終面對同樣的問題，儘管我們早已預知了答案。那麼，我請求您，跟我講講那一晚您在塞納河岸遇到的事，您是如何辦到從來不冒生命危險的。請親自說出這些話，多年來，它們不斷在我的夜裡迴響，我終於將透過您的嘴說出：「哦！年輕的女孩，再投水一次吧，好讓我有第二次機會使我們兩人都得救！」第二次，呃，眞是冒失！假設，親愛的律師大人，假設人們抓住話語要我們立即兌現呢？那就得執行。噢喲……！水這麼冷！不過，讓我們放心吧！現在，太遲了，將永遠太遲了。萬幸啊！

國家圖書館出版品預行編目資料

墮落 La Chute／卡繆（Albert Camus）著；呂佩謙譯
——初版——臺中市：好讀，2025.1
面；　公分——（典藏經典；159）

ISBN 978-986-178-745-9（平裝）

876.57　　113019967

好讀出版
典藏經典 159
墮落 La Chute

填寫線上讀者回函
請掃描 QRCODE

作　　者／卡繆 Albert Camus
譯　　者／呂佩謙
總 編 輯／鄧茵茵
文字編輯／簡綺淇
美術編輯／王廷芬

發行所／好讀出版有限公司
407 台中市西屯區工業區 30 路 1 號
407 台中市西屯區大有街 13 號（編輯部）
TEL:04-23157795　FAX:04-23144188　http://howdo.morningstar.com.tw
（如對本書編輯或內容有意見，請來電或上網告訴我們）
法律顧問／陳思成律師

總經銷／知己圖書股份有限公司
106 台北市大安區辛亥路一段 30 號 9 樓
TEL：02-23672044　02-23672047　FAX：02-23635741
407 台中市西屯區工業 30 路 1 號
TEL：04-23595819 FAX：04-23595493

電子信箱／ service@morningstar.com.tw
網路書店／ http://www.morningstar.com.tw
讀者專線／ 04-23595819 # 212
郵政劃撥／ 15060393（戶名：知己圖書股份有限公司）

印刷／上好印刷股份有限公司
初版／西元 2025 年 1 月 15 日
定價／ 260 元
如有破損或裝訂錯誤，請寄回 407 台中市西屯區工業區 30 路 1 號更換（好讀倉儲部收）

Published by How Do Publishing Co., Ltd.
2025 Printed in Taiwan

ISBN 978-986-178-745-9